W0352629

Magali Collet / Isabelle Villain

# *In vino veritas*

Taurnada Éditions

## Avertissement

*Les opinions exprimées par les personnages de ce roman leur appartiennent, elles ne sont nullement le reflet de celles de l'auteur. Ce texte est une fiction, toute ressemblance avec des personnes ou des organismes existants relèverait de la pure coïncidence.*

Image couverture : © Shutterstock/Ruzz
Image 4e : © Adobe Stock/TEMSA



ISBN : 978-2-37258-117-2

ISSN : 2276-0717

## Prologue

*Été 1999*

La lumière de la fin d'après-midi donne au paysage une teinte jaunâtre, que seul le vert des arbres placés de part et d'autre de l'allée vient rompre. À l'ombre du troisième chêne, deux enfants sont assis en tailleur. L'emplacement est stratégique. En effet, ce dernier, situé à égale distance du portail et du château, leur offre toute la discrétion nécessaire à leurs jeux.

Le plus âgé des garçons ouvre avec précaution une boîte en métal. Il en examine le contenu avec attention. Le plus jeune fait de même avec la sienne. Déçu, il le regarde d'un air accusateur :

« Il ne me reste que sept billes. Je suis sûr que tu m'en as volé !

– C'est faux ! En plus, tu m'en dois trois !

– C'est pas vrai ! Tu mens ! C'est toi qui m'en dois, j'ai gagné la dernière fois !

– Peut-être, mais tu n'as pas respecté la règle.

– Quelle règle ?

– On avait dit qu'il fallait se faire peur, mais sans que ce soit dangereux. Et en mettant du fil de pêche dans l'escalier, tu as failli faire tomber maman.

– Mais elle n'est pas tombée, tu as coupé le fil avant !

– Heureusement pour toi, parce que tu te serais bien fait engueuler. Une, tu n'as pas respecté la règle, deux, j'ai vu ton piège et je l'ai désamorcé. Alors, c'est moi qui ai gagné.

– Ça veut dire quoi "désamorcé" ?

– Tu chercheras, tu seras moins bête ! Allez, donne-moi les billes. »

À contrecœur, le petit Mathias attrape trois billes du bout des doigts et les laisse tomber dans la main de son grand frère.

« Je dirai à papa que tu me les as volées et il te grondera !

– Je lui dirai que tu mens !

– C'est pas vrai ! Je ne mens pas. C'est parce que tu as insisté et que tu es plus fort que moi. Je suis sûr que tu allais me taper si je ne te les avais pas données.

– T'es qu'un menteur. Tu étais d'accord pour qu'on joue.

– Oui, mais, toi, tu aurais dû dire non. Tu es le plus grand.

– Je suis le plus grand quand ça t'arrange. Eh bien, puisque c'est comme ça, reprends-les tes sales billes, j'en veux pas. Je ne jouerai plus jamais avec toi. Jamais ! »

En disant cela, il les jette de toutes ses forces, le plus loin possible et se retourne, bras croisés, en boudant. Mathias saute de joie et se précipite pour les ramasser, en chantonnant : « Cerf, cerf, ouvre-moi ! Ou le chasseur me tuera ! Lapin, lapin, entre et viens me serrer la main. »

Il les replace dans sa boîte et se met à courir en zigzaguant entre les chênes, de l'autre côté de l'allée.

À intervalles réguliers, il regarde son frère, immobile, assis en tailleur, la tête entre les mains. Il semble triste, et Mathias, bien qu'heureux d'avoir eu gain de cause, n'aime pas le voir ainsi. Il s'approche et lui touche timidement l'épaule :

« Augustin ! »

L'enfant ne répond pas.

« Augustin, t'es fâché ?

– À ton avis ? marmonne-t-il en croisant les bras.

– Mais je voulais juste récupérer mes billes.

– Oui, mais c'est toujours comme ça. On est d'accord au début et puis si tu ne gagnes pas, tu changes les règles.

– Non, je ne fais pas toujours ça.

– Si. Et quand je refuse, tu dis à papa que c'est de ma faute et il te croit tout le temps. Ce n'est pas juste. »

Mathias réfléchit un court instant. Il sait qu'Augustin a raison, mais il n'y peut rien, il n'aime pas perdre. Il s'assoit à côté de lui et le bouscule d'abord légèrement puis de plus en plus fort, jusqu'à ce qu'ils éclatent de rire.

« O.K., tu as gagné. On est toujours frères.

– C'est vrai ? On joue à quoi, alors ?

– Pas aux billes en tout cas. »

Honteux, le plus jeune baisse la tête. Son grand frère n'est pas près d'oublier ce qui s'est passé ; d'ailleurs, Augustin n'oublie jamais rien.

Après quelques secondes de réflexion, le visage de Mathias s'illumine :

« On pourrait faire du vélo !

– Ça, c'est une bonne idée pour une fois. On va faire la course.

– Non, pas la course. Tu es plus grand et tu gagnes toujours.

– Bah, qu'est-ce que tu veux faire, alors ?

– Et si on jouait aux jeux du cirque ?

– O.K., va pour les jeux. »

Les jeux du cirque ont été inventés par Augustin. Il en est très fier. Il s'agit de se lancer à tour de rôle toute une série de défis à réaliser sans quitter leur selle. Augustin se tourne vers Mathias :

« Le truc, c'est qu'il faudrait jouer sur le chemin, y a trop de cailloux dans l'allée, on va tomber et se faire mal.

– Ben, y a qu'à demander à maman !

– Vas-y toi ! Si tu prends ta tête de petit malheureux, elle dira forcément oui. »

Mathias se lève d'un bond et se précipite à l'intérieur de la grande maison. Il en parcourt le rez-de-chaussée sans parvenir à trouver sa mère. Elle est sans doute à l'étage. Il n'a pas envie de monter et se dit que, finalement, c'est une perte de temps. Augustin a raison : elle dira forcément oui.

Après une brève hésitation, il rebrousse chemin et court à la rencontre de son frère, qui s'est chargé entre-temps de sortir leurs vélos du hangar situé à l'arrière de la propriété.

« C'est bon, Gustin ! Maman a dit oui !

– Youhou ! C'est parti ! »

Et les garçons, attrapant leurs deux-roues, se dirigent vers le portail.

C'est Augustin qui choisit le premier défi. À l'aide de brindilles, il délimite la ligne de départ et s'élance. Il pédale de plus en plus vite en s'imaginant être un avion juste au début du décollage. Il pilote en expert « l'appareil » qu'il connaît depuis toujours. Au moment de quitter la terre ferme, il enlève ses pieds des pédales, écarte les jambes et les bras, et le laisse filer à vive allure. Il compte jusqu'à cinq dans sa tête et reprend le contrôle de la bicyclette, sous le regard admiratif de son frère.

« Allez, minus ! À toi maintenant ! »

Mathias n'en mène pas large, mais il ne peut pas se dégonfler. Pas maintenant. Il monte sur son vélo, compte jusqu'à trois dans sa tête et s'élance. Lorsque la vitesse désirée est atteinte, il retire les pieds et les mains, mais son « bolide » commence à dévier de sa trajectoire. Il ouvre précipitamment les yeux et en reprend le contrôle, dépité.

« Perdu ! s'écrie Augustin.

– C'est parce que c'est le début. À moi maintenant de te lancer un défi, et je parie que je vais gagner cette fois. »

Mathias réfléchit un instant puis, après quelques secondes, il sourit : il a trouvé. Sans dire un mot, il enlève son gilet (celui que sa mère tient à ce qu'il emporte partout avec lui, même en plein mois de juillet) et en fait un long boudin qu'il place sur ses yeux. Il le noue derrière la tête le plus fermement possible et essaie de regarder au travers. Il ne distingue plus rien du paysage.

Augustin, inquiet, l'interroge :

« Qu'est-ce que tu veux faire ?

– Tu verras bien !

– Non, on a dit "rien de dangereux".

– On va voir si tu y arrives.

– Non ! Arrête ça ! »

Mathias ne l'écoute plus et commence à pédaler. C'est compliqué, mais il parvient à rester relativement droit. Il prend de la vitesse ! Lui aussi, il va s'envoler. Il réfléchit tout en roulant : il faut trouver quelque chose de plus difficile, sinon Augustin gagnera encore.

Son grand frère le suit des yeux et le voit s'approcher du bout du chemin privé. Même lorsqu'ils ont l'autorisation d'y jouer, ils n'ont pas le droit d'être trop près de l'intersection, jugée dangereuse par leurs parents.

Augustin se met à courir en criant, mais Mathias ne semble pas l'entendre. D'ailleurs, grisé par la vitesse, il écarte les pieds et les mains et traverse le carrefour à toute vitesse, sans remarquer le véhicule qui arrive sur sa droite.

Augustin ne se souviendra plus s'il a d'abord entendu le fracas causé par le choc, d'une grande violence, ou s'il a été surpris par le corps de son frère, soulevé dans les airs avant de retomber lourdement sur le sol, quelques mètres plus loin. Ce qu'il ne pourra oublier en revanche, c'est la vision de ses parents courant dans l'allée et le hurlement de sa mère à la vue du corps de son fils.

Puis tout s'enchaîne très rapidement. Le cerveau d'Augustin est comme déconnecté. Il y a tout d'abord des cris. Des pleurs. Puis le bruit strident des sirènes. Quelques mots réconfortants de la part des pompiers puis Mathias emporté sur une civière, une couverture dorée sur le corps, le cou maintenu par une minerve. Les yeux clos et le visage livide. Et enfin, le silence. Un silence pesant. Méprisant. Abominable. Insoutenable.

Ils se retrouvent tous les trois dans le couloir d'un hôpital où résonnent des bruits métalliques, le grincement des roues des brancards, quelques gémissements et des portes coulissantes qui s'ouvrent et se referment tout aussi brutalement.

Malgré la moiteur ambiante, Augustin est frigorifié. Son père, Michel, fait les cent pas. Sa mère est prostrée sur un siège en plastique, les mains jointes, ânonnant ce qui ressemble à une prière.

Dès qu'un médecin apparaît, toutes les familles se lèvent d'un seul bloc. Les urgences de l'hôpital sont bondées. Beaucoup de drames se sont joués sur les routes ce soir-là et, de toute évidence, un certain nombre de vies seront brisées dans les prochaines heures. Une femme vient d'ailleurs de s'écrouler en hurlant. La phrase tant redoutée par tous est prononcée : « Nous n'avons rien pu faire. Je suis désolé. »

Le temps s'écoule si lentement. Cela fait maintenant plus de deux heures qu'Augustin et ses parents sont arrivés. Michel est à bout de nerfs. C'est la dixième fois qu'il se rend à l'accueil pour avoir des nouvelles. En vain. Son fils est toujours au bloc opératoire. Il enrage, hurle sur la pauvre femme située derrière son comptoir qui, devant la colère et la détresse de ce père, esquisse un très léger sourire de compassion.

Delphine, la mère, est quant à elle comme anesthésiée. Incapable du moindre mouvement. Elle n'ose même plus relever la tête, redoutant l'instant où un médecin viendra lui annoncer l'inconcevable.

Augustin commence à avoir faim et soif. Sa langue est rugueuse. Gonflée. Il ne se risque bien évidemment pas à adresser la parole à ses parents, car il sent au plus profond de lui que, pour son père, la sentence est tombée depuis bien longtemps : coupable !

La grosse horloge de la salle d'attente indique 22 heures lorsqu'un jeune homme en blouse blanche s'approche de Michel et Delphine.

Augustin perçoit les lèvres de l'interne remuer lentement comme dans un film dont on aurait coupé le son. Il voit la main de son père se crisper sur celle de son épouse. Au même moment, une infirmière se précipite pour maintenir Delphine, sur le point de s'évanouir.

Puis plus rien.

Que se passe-t-il ? Si Mathias était mort, ses parents ne resteraient pas là, immobiles. Mais s'il est encore en vie, pourquoi sont-ils si tristes ?

Augustin fixe sa famille pendant de très longues minutes avant de se décider à s'approcher, pas à pas, retardant l'instant où il saurait si son frère bien-aimé a oui ou non rejoint les étoiles.

En le sentant arriver dans son dos, son père se retourne d'un coup sec et le prend par le bras d'un geste brusque. Le visage grave. Les yeux rougis.

« Ce qu'il vient de se passer, Augustin, sache que je ne pourrai jamais te le pardonner. »

# 1

*Vingt-quatre ans plus tard*

*Des bruits métalliques résonnent dans le couloir. Mathias regarde fixement la paroi lui faisant face. Le plafonnier crépite en diffusant une lumière blafarde. Tout est tellement sinistre entre ces quatre murs. Froid et sans âme. Il entend à l'extérieur quelques éclats de voix, des cris : « ... vous n'avez pas le droit ! Ce n'est pas encore l'heure !... » Solitude et tristesse font partie de son quotidien depuis quelques semaines.*

*Et puis, soudain, le bruit d'une porte qui s'ouvre, et c'est un très large sourire de soulagement qui se dessine sur son visage : son frère est venu lui rendre visite.*

*« Je suis si heureux de te revoir.*

*– Moi aussi. Tu m'as tellement manqué. »*

*Aucune embrassade. Aucune effusion. Ce n'est pas le genre de la maison, mais la gratitude se lit dans son regard. Augustin agrippe les mains de Mathias et les serre de toutes ses forces.*

*« Raconte-moi comment tu vas.*

*– Non, toi d'abord. Dis-moi ce que tu deviens depuis tout ce temps.*

*– Je suis sincèrement désolé, j'aurais souhaité venir te voir plus tôt, mais je devais régler des affaires urgentes qui ont pris plus de temps que prévu.*

*– Le principal, c'est que tu sois là, maintenant... J'ai l'impression que tu as changé depuis la dernière fois. Tu sembles avoir vieilli. C'est notre père qui te fait encore des misères ?*

*– Non, de ce côté-là, tout va bien. C'est la barbe qui fait ça. Elle me donne un côté père de famille respectable qui facilite les affaires. J'ai dû partir quelque temps faire un petit tour de France pour présenter notre vignoble dans les grands restaurants. J'ai même pu en caser sur une dizaine de cartes d'étoilés Michelin.*

*– Je savais bien que tu y arriverais. J'ai toujours eu confiance en toi. Je suis tellement content que tu sois venu. Ça me fait du bien de te voir.*

*– Moi aussi. Tu sais bien que je serai toujours là pour toi.*

*– Arrête... » rétorque Mathias, un sourire désabusé au coin des lèvres. « Tu es rentré car les bons petits plats de maman te manquaient. »*

*Augustin baisse les yeux. Sa bouche se crispe très légèrement.*

*« Désolé, Gustin. Je ne voulais pas dire ça.*

*– Laisse tomber. Aucune importance. Bon, assez parlé de moi. Je ne suis pas venu pour ça, tu dois bien t'en douter. Raconte-moi ce qui s'est passé. Comment vas-tu ? Tu n'as pas franchement bonne mine. Tu as maigri, non ?*

*– C'est clair, la cuisine n'est pas vraiment le point fort de l'établissement... »*

*Mathias esquisse un sourire, mais son regard s'assombrit brusquement. Ses traits sont marqués, creusés, signe d'un manque de sommeil et d'un stress évident. En quelques semaines, il semble avoir vieilli de dix ans. Face à son frère, il sait que le temps de la récréation est désormais terminé. Il va falloir qu'il vide son sac. Qu'il se livre sans savoir par où commencer. Tant d'événements se sont bousculés en si peu de temps. Mathias est totalement désemparé. Sa vie est un champ de ruines et son quotidien, un enfer. Comment le lui faire comprendre ? Il se reprend :*

*« Je pense souvent à notre vie d'avant, lorsqu'on était petits. Pas toi ? »*

*Augustin l'observe attentivement. Son frère essaie de donner le change, comme toujours. Même brisé, il persiste à prendre des nouvelles et à s'intéresser au monde qui l'entoure. Les apparences ont la vie dure chez les Clavery.*

*Mathias gagne du temps. Il parle de leur enfance, de leurs jeux idiots à l'ombre des chênes et du gâteau au chocolat de leur mère ! Il égrène les souvenirs heureux comme autant de vains talismans.*

*Augustin l'écoute d'une oreille distraite. Une mélodie cherche à se frayer un chemin dans sa mémoire. Lorsque son frère évoque la couleur jaune orangé de la vigne à la fin de l'été, les paroles lui reviennent tel un boomerang :* Cerf, cerf, ouvre-moi ! Ou le chasseur me tuera !…

*Pourquoi maintenant, après toutes ces années ? Cette comptine l'empêche d'être attentif aux mots de Mathias. Il est là pour lui, pourtant.*

(Dans sa maison un grand cerf, regardait par la fenêtre…)

*« Tu te souviens de l'accident ? » lui demande Mathias.*

(… un lapin venir à lui, et frapper ainsi…)

*Augustin sursaute :*

*« Pardon ?*

*– Tu te souviens de l'accident ?*

*– Tu crois que c'est quelque chose que j'aurais pu oublier ? Tu as failli y passer. »*

*Augustin peine à se concentrer, cette musique l'obsède.*

(Lapin, lapin, entre et viens me serrer la main…)

*« Je vais être sincère. J'aurais préféré mourir ce jour-là.*

*– Ne dis pas de bêtises, s'insurge le grand frère.*

*– Je sais ce que je dis. J'aurais préféré mourir, Gustin... »*

*Il pose ses mains sur son visage et ferme les yeux. Son rythme cardiaque s'accélère légèrement.*

*« ... Je crois que j'ai fait une connerie... »*

## 2

L'ambiance dans cette chambre d'hôpital est si lugubre que les rayons du soleil semblent même hésiter à percer à travers la fenêtre. Derrière la porte, ce sont toujours les mêmes bruits : des brancards qui se croisent et s'entrechoquent, les allées et venues incessantes du personnel soignant et les plaintes des patients.

« Je sais ce que tu vas me dire, j'ai vraiment merdé, mais putain, Gustin, ma femme est morte ! Comment je vais pouvoir vivre sans elle ? Elle est morte depuis dix jours et je n'arrive toujours pas à réaliser que je ne la verrai plus jamais. Que je ne l'entendrai plus chanter sous la douche le matin ! Que nous ne partagerons plus notre verre de vin le soir sur la terrasse ! »

Mathias esquisse un sourire, les yeux emplis de larmes.

« C'était une femme tellement forte. Elle a traversé tant d'épreuves… pas une seule fois elle a baissé les bras. Elle s'est toujours relevée. Ma femme était mon modèle. Mon repère. Je suis complètement perdu sans elle.

– Je le sais, Mathias. Je suis avec toi et je vais t'aider. Mais je n'arrive pas à comprendre pourquoi tu as choisi de fuir. Tu te doutais bien que tu allais droit dans le mur.

– Évidemment que je me suis comporté comme un con. Je n'ai pas réfléchi, mais je sais bien comment ça fonctionne. Je suis de *la maison*. Nous sommes des militaires et je connais mon équipe par cœur. J'ai vu leurs regards. D'abord compatissants et tristes, puis dubitatifs, et enfin suspicieux, du moins chez certains. Je ne peux pas leur en vouloir. Dans ce type d'affaires, on cherche toujours le coupable dans le cercle familial et dans le cas d'Aurélie, ce cercle se résume à moi. À moi seul. Alors j'ai craqué.

– Tu ne vas pas abandonner. Pas maintenant... »

Un nouvel éclat de voix résonne dans le couloir. Un cri déchirant. Augustin détourne la tête d'un mouvement brusque, l'air perplexe.

« C'est toujours la même femme. Elle appelle à l'aide toutes les heures, la nuit y compris. Elle veut que son fils vienne la chercher, mais la pauvre n'a plus de fils. Il y en a aussi une qui cherche à s'enfuir, toujours vers minuit. Elle emprunte le couloir en peignoir, mais on la rattrape à chaque fois avant qu'elle prenne l'ascenseur. Ils ont certainement dû l'attacher à son lit car je ne l'entends plus. C'est ça mon quotidien en ce moment : écouter les pleurs et les cris des malades. Je sens que je ne vais pas pouvoir tenir longtemps.

– Tu dois être fort. On va trouver une solution.

– Mais que veux-tu que je fasse ? Je ne peux même pas enquêter. J'ai été mis sur la touche au moment où l'on a découvert Aurélie. J'ai tenté de négocier avec mon chef, de les aider en "off", mais évidemment il n'a rien voulu savoir. C'est normal, au fond. J'aurais agi exactement pareil si j'avais été à sa place. Je suis passé du rôle d'enquêteur à celui de témoin puis de suspect en l'espace de quelques jours. Tu sais ce qui est le plus dur à vivre ? C'est que je suis incapable de pleurer ma femme. Et je ne pense pas que je le pourrai tant que je ne saurai pas qui l'a tuée.

– Je suis là maintenant. Je ne te laisserai plus tomber. On trouvera ce qui s'est passé. Ensemble. »

En regardant le visage tuméfié de Mathias, Augustin fronce les sourcils. Comment, lui, le capitaine de gendarmerie, l'homme intègre respecté de tous, le fils attentionné, le mari aimant, a-t-il pu se retrouver sur un lit d'hôpital ? Il n'a plus devant lui le frère jovial avec lequel il avait grandi, mais un homme usé, prématurément vieilli, détruit par l'assassinat de sa femme.

Mathias fixe la fenêtre, située au fond de la chambre. S'il en était capable, il l'ouvrirait, et sauterait. Il est au troisième étage et sa chute serait très certainement fatale. Il ne s'imagine pas affronter les prochaines semaines sans *elle*. C'est au-dessus de ses forces. Il tente de se redresser et étouffe un gémissement. Aussitôt, Augustin se lève et replace l'oreiller, qui avait glissé sur le côté du lit.

Mathias sent que son esprit s'embrume. Les sédatifs commencent à faire effet, mais avant qu'il ne s'endorme, il doit être sûr :

« Gustin…

– Oui ?

– Dis-moi que toi au moins, tu me crois. »

Face au regard interrogateur d'Augustin, il répète sa question :

« Dis-moi que tu me crois quand je te dis que je n'ai rien fait ? Ce n'est pas moi.

– Que les choses soient claires entre nous : je ne crois pas que tu sois innocent, *je sais* que tu l'es. Je te connais par cœur et je sais ce dont tu es capable ou pas… Et certainement pas de faire du mal à Aurélie.

On trouvera le coupable, toi et moi, ensemble. Comme avant. »

Rasséréné, Mathias ferme les yeux.

Il n’est plus seul désormais.

# 3

*8 mars 2022*

Il est 17 heures. Aurélie est fébrile. Elle effectue des allers-retours incessants d'une œuvre à l'autre dans la salle principale du centre culturel. Cette exposition va marquer un tournant dans sa carrière, elle le sait. Elle cherche son associé, et l'aperçoit qui discute avec l'agent de sécurité situé à l'entrée. C'est un titre pompeux pour l'étudiant chargé de vérifier les cartons d'invitation, mais Louis de Bearn a tenu à ce qu'il porte ce brassard orange estampillé « sécurité ».

Cestas est une petite ville et ce vernissage promet d'être l'événement à ne pas manquer dans la région. La municipalité lui a confié la direction du centre culturel afin d'y organiser, plusieurs fois par an, des manifestations d'envergure. Celle-ci est la première de l'année. Les invités ont été triés sur le volet : investisseurs, acheteurs, notables et presse locale. La soirée s'annonce donc sous les meilleurs auspices.

La jeune femme redresse une étiquette sous un tableau et consulte son portable : trois messages. Elle regarde le premier, irritée : Karine sera en retard, une fois de plus. Décidément, cette petite l'agace au plus haut point. Elle devrait être heureuse de travailler avec eux, pourtant, elle ne se donne pas au maximum.

Le SMS suivant est sans intérêt et le dernier est de Mathias : il ne va pas tarder, le temps pour lui de rentrer se changer. Dieu merci, il n'a pas eu l'idée saugrenue de convier sa brigade au vernissage. Il a compris de lui-même qu'elle n'avait aucune envie de devoir passer la soirée avec des gendarmes, incultes qui plus est. Enfin, elle le suppose. Seule Fanny, sa collègue, sera présente. Il est à espérer qu'elle saura se tenir.

Ne laissant rien au hasard, Aurélie vérifie dans la cuisine que le traiteur a bien déposé la commande dans la chambre froide. Tout est à sa place. Les serveurs sont en train de se changer. Il s'agit, là aussi, de quatre étudiants qui navigueront entre cuisine et salle, sous la direction de Karine… Si tant est qu'elle arrive un jour.

17 h 20. Aurélie s'approche de Louis et lui pose une main sur l'épaule :

« Je vais me refaire une beauté.

– Est-ce absolument nécessaire ? Tu les fais déjà toutes pâlir de jalousie.

– Et, toi, tu n'es qu'un affreux flatteur. Mathias ne va pas tarder et apporte une cuvée spéciale à offrir à nos plus gros clients. Ils ne vont pas en revenir. Lorsque Karine daignera arriver, dis-lui de sortir le vin, en espérant qu'elle ne fasse pas de bêtise, une fois de plus. J'ai rarement vu quelqu'un d'aussi maladroit.

– Ma chère, à côté de toi, n'importe quelle femme a l'air d'une empotée. »

Aurélie sourit et s'éclipse.

Louis de Bearn la suit du regard. Cette femme n'imagine pas l'attrait qu'elle exerce sur les hommes qui la croisent et c'est en grande partie ce qui fait son charme. Elle est blonde, le teint hâlé, et a gardé de ses années de danse classique une silhouette enviée de toutes les femmes de la région. Apercevant Mathias, qui entre en portant une caisse de vin, il se dirige vers lui en souriant.

« Je te montre où ranger ce trésor ?

– Inutile de te dire qu'il faut en prendre soin. »

Aurélie se regarde dans le miroir d'une des nombreuses salles du centre culturel et répète son discours à voix basse en se brossant les cheveux. Elle réajuste son chemisier crème et en détache les deux premiers boutons. Pas question de paraître trop austère aujourd'hui. Elle troque ses tennis confortables contre une paire d'escarpins noirs aux talons vertigineux. Son tailleur-pantalon gris pâle lui sied parfaitement.

Comme elle aimerait que sa mère soit à ses côtés ! Sa voix, tel un phare, la guide depuis toujours vers son objectif. Le choix de Cestas pour cette soirée s'est d'ailleurs imposé de lui-même, sa mère étant native de cette petite ville. Aurélie a une irrépressible envie de l'entendre. Elle décide alors de l'appeler, oubliant pour un temps la famille Clavery, Louis, Karine, et le vernissage.

Lorsqu'elle réapparaît dans la salle, les invités sont là, et le trio de jazz, engagé pour l'occasion, joue des standards qui contribuent à réchauffer l'ambiance. Elle dispense des sourires en saluant chaleureusement ses amis et ses clients puis aperçoit Mathias, en grande conversation avec Louis. Elle le rejoint et l'embrasse. Son époux la détaille avec gourmandise.

« Tu es magnifique.

– Merci. De quoi discutiez-vous ?

– Je disais à Louis que l'exposition était superbe. Vous avez fait du bon boulot.

– Tu comprends maintenant la raison pour laquelle je t'ai si souvent abandonné ces derniers jours.

– Oui, et je ne t'en veux pas. Mes parents ne vont pas tarder à arriver. Papa a eu un souci avec l'un de ses employés. Au fait, tu te souviens de Fanny ? » dit-il en désignant sa voisine.

Aurélie fronce légèrement les sourcils avant de sourire :

« Bien sûr ! Vous êtes la collègue dont Mathias ne cesse de me chanter les louanges ! Je vais finir par être jalouse ! » déclare-t-elle en riant.

Fanny rougit et balbutie :

« La dernière fois que nous nous sommes rencontrées, j'étais en tenue de travail, c'est pour ça…

– Mais oui ! Bien sûr ! Si je trouve les uniformes tout à fait seyants pour les hommes, je pense qu'ils devraient être prohibés pour nous, les femmes. Quel outrage de cacher une si jolie silhouette sous un pantalon et une chemise aussi informes que disgracieux. N'es-tu pas de mon avis, Louis ? »

N'attendant pas sa réponse, elle enchaîne :

« Allez, très cher, suis-moi, il est temps d'aller faire grimper notre chiffre d'affaires. »

Les deux associés éclatent de rire, laissant Mathias embarrassé devant la mine déconfite de Fanny.

« Je t'avais prévenue qu'Aurélie pouvait être piquante parfois. Ne t'inquiète pas, elle n'a rien contre toi. Elle est comme ça avec tout le monde.

– Si tu crois que ça me rassure, tu te trompes.

– Allez, ne t'en fais pas. Tu en as vu d'autres. Je vais te chercher à boire.

– Non merci, tu sais bien que l'alcool ne me réussit pas. »

La soirée suit son cours et les verres se remplissent et se vident tout aussi rapidement.

Peu après 18 h 45, des éclats de voix retentissent au niveau de l'entrée. Aurélie s'empresse d'aller se renseigner : un homme d'une soixantaine d'années tente de franchir la barrière en jouant des coudes. L'étudiant chargé de la sécurité la regarde, embarrassé.

« Il n'a pas d'invitation.

– Laissez, je m'en occupe. Que se passe-t-il, monsieur Récamier ?

– Ce qui se passe ? Non, mais vous vous foutez de moi ?

– Moins fort, s'il vous plaît, vous allez effrayer mes invités. »

Elle sourit et déclare à haute voix :

« Ce n'est rien mes amis, un carton oublié ! Je reviens très vite. » Puis plus bas : « Qu'est-ce qui vous prend ? Suivez-moi. »

D'un geste de la main, elle intime à Louis de faire diversion et cherche Mathias du regard sans parvenir à le trouver. Elle aperçoit son beau-père qui, la voyant avec Récamier, lui emboîte le pas et tous trois quittent la salle.

Quelques minutes plus tard, ignorant tout de l'incident, Mathias entame le tour de l'exposition. Aurélie a toujours su déceler le talent d'artistes en passe de devenir des peintres reconnus et, cette fois encore, elle ne s'est pas trompée. Si Louis gère en partie l'aspect administratif de la galerie, Aurélie en est l'âme.

Devant la sculpture en *Ghostnet*[1] d'une baleine, Mathias se sent happé par les couleurs, le réalisme et la puissance du message véhiculé. Le mammifère semble l'entourer, l'appeler à l'aide. Une vague de chaleur l'envahit. Il ne sent pas sa femme s'approcher

---

1 Sculpture élaborée avec des filets de pêche dérivants.

avant de l'entendre chuchoter, un ton de reproche dans la voix :

« Tu n'es jamais là quand j'ai besoin de toi.

– Qu'est-ce qui t'arrive ?

– Ce qui m'arrive ? Tu dois être le seul à ne pas avoir été témoin de l'esclandre que nous a fait Récamier !

– Récamier ?

– Heureusement que ton père avec sa hantise du scandale était là, sinon je n'aurais pas pu m'en débarrasser. »

À peine a-t-elle fini sa phrase qu'un bruit de verre cassé retentit dans la réserve. Aurélie blêmit :

« J'espère que cette petite sotte n'a pas encore fait de connerie. Je te jure, elle ne terminera pas l'année à la galerie, celle-là. »

L'attention toujours fixée sur la sculpture, Mathias hoche la tête d'un air distrait tandis que sa femme se dirige vers l'arrière-salle. Lorsqu'il réalise son absence, il ne se souvient plus de ce qu'elle lui a dit. Rien d'important, sans nul doute.

Il y a tant de monde que la fenêtre est entrouverte, juste assez pour laisser entrer un filet d'air sans nuire aux œuvres exposées. Il sourit à sa mère, qui discute avec le maire et son épouse. Au moment où il s'apprête à la rejoindre, il la voit sursauter et se retourner vers la baie vitrée. Elle semble intriguée, se penche à l'extérieur quelques secondes puis referme la fenêtre.

Lorsque Aurélie revient, Mathias comprend instantanément qu'il y a un problème. Elle fait bonne figure, mais son teint joliment hâlé est bien plus pâle que d'habitude. Ses lèvres sont très légèrement pincées, signe, s'il en fallait, de sa fureur. Elle s'approche de lui sous les regards interrogateurs de quelques convives et lui chuchote à l'oreille :

« Cette abrutie a flingué trois Château d'Yquem 2005. C'est sa dernière connerie. Demain, je la vire. »

Elle se retourne et déclare à la cantonade :

« Ce n'est rien, mes amis, juste quelques bouteilles vides qui se sont brisées. Nous avons bien fait de les boire ! »

Mathias la regarde :

« Reprends-toi, ma chérie. Tu n'as pas bonne mine. Je vais gérer. Essaie de profiter de ta soirée, tu as tellement bossé pour ça !

– Je pourrais en profiter si le monde entier ne se liguait pas contre moi, aujourd'hui. Il faut que je sorte quelques minutes pour me calmer parce que là, je n'en peux plus. Tu diras à Louis que je reviens très vite.

– O.K. Ne t'inquiète pas. »

Il la voit disparaître derrière un rideau tout en continuant d'observer les œuvres. Il arrive devant l'une des pièces emblématiques de l'exposition : *Bush Leaves*[1] d'Abie Loy Kemarre. Une toile hypnotique, fascinante, qui semble s'animer au premier regard. Mathias se souvient parfaitement de la réaction d'Aurélie lorsqu'elle était parvenue à référencer cette artiste, petite-fille de la très célèbre Kathleen Petyarre[2]. Elle pouvait passer des heures à discuter avec elle de sa terre, de ses croyances, de la sensitive, cette plante représentée dans beaucoup de ses tableaux. Une plante fragile et délicate qui s'anime et se rétracte au toucher à l'image de ses toiles intenses, presque hallucinogènes. Il se sent, cette fois encore, pénétré par la beauté de cette œuvre spectaculaire, véritable témoignage et devoir de

1 Les feuilles du Bush.

2 Kathleen Petyarre est l'une des artistes aborigènes les plus connues dans le monde.

mémoire du peuple aborigène. Il se laisse alors envahir par un flot d'émotions qui lui met les larmes aux yeux. Très vite, il suffoque. Pris d'un soudain vertige, il ressent le besoin immédiat de sortir.

En passant par l'arrière-cuisine, sans un regard pour Karine, qui essaie tant bien que mal de ramasser les derniers morceaux de verre tout en épongeant le carrelage, il atteint la terrasse puis le jardin.

L'air frais de ce début de soirée lui fait un bien fou. Ses bouffées de chaleur s'estompent peu à peu et son cœur retrouve un rythme presque normal. Aurélie lui demande depuis des mois d'aller consulter, mais il n'en voit pas l'utilité pour l'instant. Ces crises sont passagères et sans grande gravité, encore très loin de la décompensation psychiatrique, stade ultime de la maladie.

Une trentaine de minutes se sont écoulées lorsqu'il regagne la salle d'exposition, toujours un peu groggy. Il se sent endolori. Il reprend alors sa place devant le *Bush Leaves*. Il lui faut mettre des mots sur ce qui le trouble, ce qui l'aidera peut-être à recouvrer pleinement ses esprits.

Tout à son observation, il ne voit pas l'associé de sa femme, l'air inquiet, déplaçant son regard dans tous les coins de la pièce, allant et venant sans relâche entre les groupes d'invités. Après quelques minutes, lorsque Bearn arrive face à Mathias, il remarque immédiatement que ce dernier a reçu un coup sur le visage.

« Que s'est-il passé ? » lui demande Louis en pointant un bleu situé sur sa pommette.

Mathias fronce les sourcils, visiblement étonné. Il pose ses doigts sur sa joue en secouant la tête.

« Ce n'est rien du tout, j'ai eu un petit vertige et je me suis pris la porte en voulant sortir prendre l'air. Il y a un problème ? Tu sembles préoccupé.

– Aurélie a disparu depuis plus d'une demi-heure. Je pensais au départ qu'elle discutait dans l'autre salle, mais j'y suis allé et personne ne l'a vue. Tu m'as dit qu'elle allait prendre l'air, mais ça commence à faire long. Ce n'est pas son genre d'abandonner ses invités ainsi, et surtout pas pendant une telle soirée.

– Elle ne doit pas être bien loin. Elle est sans doute montée se remaquiller ou se changer. Tu la connais, tout doit toujours être parfait. Et puis elle était très énervée contre Karine tout à l'heure, elle a fait une énorme connerie.

– Encore une… Et où est-elle passée, elle aussi ?

– La dernière fois que je l'ai vue, elle était dans la cuisine.

– Bon, je monte dans le bureau. Aurélie est peut-être allée là-haut pour récupérer, mais il est grand temps qu'elle redescende. Les invités commencent à se demander où elle est. »

Mathias détourne les yeux, se sentant de nouveau irrémédiablement attiré par le *Bush Leaves*.

À l'instant où Louis de Bearn gravit les premières marches, un hurlement retentit au premier étage. Il se met alors à grimper les escaliers comme un fou, suivi de près par Mathias.

L'inquiétude fait rapidement place à la panique. Un silence pesant s'abat dans la salle d'exposition. Tous les regards des invités se retrouvent alors braqués dans la même direction.

Lorsque les deux hommes pénètrent dans le bureau, ils trouvent Karine, le visage livide, tétanisée…

À ses pieds, le corps sans vie d'Aurélie, le crâne baignant dans une flaque de sang…

# 4

Lorsque Mathias se réveille, encore perclus de douleurs sur son lit d'hôpital, il esquisse un léger sourire. Augustin est toujours à ses côtés.

« J'ai dormi longtemps ?

– Non, une petite demi-heure, mais tu en avais besoin. Quand je vois ce que l'infirmière te met dans ta perfusion, tu dois être totalement shooté.

– Je suis fatigué, mais ce n'est pas le plus important. J'ai peur, Augustin et je suis surtout super inquiet. J'ai beau essayer de rassembler mes souvenirs, je n'arrive pas à me rappeler ce que j'ai fait avant la mort d'Aurélie. Mes collègues me l'ont demandé des dizaines de fois et je suis incapable de leur fournir une explication. J'essaie pourtant, de toutes mes forces. Et si je l'avais tuée ? Si c'était moi et que je fais un truc du genre amnésie post-traumatique ? »

Il étouffe un sanglot. Ses yeux sont gonflés. Les médicaments qu'on lui donne l'assomment, mais ne l'apaisent pas. *Ma femme est morte...* Il se répète mentalement cette phrase depuis plusieurs jours sans parvenir à lui donner une quelconque réalité.

« Tu vas déjà te calmer, frérot. Dans un premier temps, raconte-moi les derniers événements dont tu te souviens. »

Mathias ferme les yeux pour accroître encore sa concentration.

« Aurélie était très énervée contre son assistante. Elle m'a dit qu'elle avait besoin de prendre l'air. Moi, j'étais totalement sous le charme d'un tableau dont j'adore l'artiste, alors je ne l'ai pas trop écoutée, j'avoue. C'est après que je me suis mis à avoir des palpitations, des suées et des vertiges. J'ai eu besoin de sortir, moi aussi.

– Ça t'arrive souvent ce genre de truc ? »

Mathias ouvre les paupières et le regarde.

« Cela a débuté il y a environ cinq ans. On était à une expo d'art aborigène. Aurélie avait un rendez-vous avec une artiste australienne. Je suis tombé totalement sous le charme d'une peinture d'Abie Loy Kemarre. Un truc de dingue. J'étais totalement hypnotisé. Fasciné. Et j'ai commencé à avoir des symptômes étranges, puis plus rien. Et ça a recommencé quelques mois plus tard, toujours avec des œuvres de cette artiste. C'est comme si je recevais toute la passion qu'elle met dans ses toiles, toute son histoire en pleine gueule. C'est Louis qui m'a aiguillé sur le syndrome de Stendhal.

– C'est quoi ce bazar encore ?

– C'est classé dans la catégorie des troubles psychosomatiques. On est submergé par un trop-plein d'émotions et ça nous fait perdre pied, mais normalement cela ne touche que les grands amateurs d'art et les artistes eux-mêmes. Le toubib m'a dit que je n'avais pas de bol.

– Et ce syndrome pourrait expliquer tes trous de mémoire ?

– Oui, peut-être.

– Et ça peut aller jusqu'où ?

– Délire de persécution. Bouffées délirantes, d'après ce que je sais.

– Ah oui quand même… En tout cas, si ton médecin a diagnostiqué ce truc, cela peut tout à fait justifier tes absences.

– Et cette marque, ce bleu juste là ?

– Tu es peut-être tombé ?

– Peut-être… ou bien alors… »

Mathias presse ses tempes en fermant les yeux afin de se retrouver dans le noir le plus complet.

« Tu te souviens de quelque chose ? fait Augustin.

– Je crois que je me suis pris une porte, enfin plus exactement la porte vitrée qui donne sur le jardin… Oui, c'est ça : la porte vitrée.

– On avance. Avec un peu de chance, il y aura des caméras à cet endroit et tes collègues pourront vérifier ça.

– J'espère…

– Concernant ton "syndrome truc", je pense que c'est préférable de ne pas en parler pour le moment. Il vaut mieux avant que tu arrives à remplir ce trou dans ton emploi du temps. Fais un effort !

– J'essaie, bon sang ! Je te jure que j'essaie. »

Mathias ferme encore les yeux. Il sent qu'Augustin n'est pas totalement convaincu par son explication. Beaucoup trop de suppositions et aucune certitude. Que pourrait-il lui dire de plus ? Il y a des choses difficiles à avouer ; même à son propre frère.

# 5

*8 mars 2022, après le meurtre*

Évelyne Récamier tourne une page du livre qu'elle tient entre les mains avant de le refermer d'un coup sec, réveillant le chat, qui dormait paisiblement sur ses genoux.

Elle n'arrivera pas à se concentrer ce soir. Elle est fatiguée, mais sait qu'elle ne trouvera pas le sommeil. Gaspard ne l'a pas écoutée et il est allé faire un scandale au centre culturel. Elle l'a accompagné pour essayer de lui faire entendre raison, de lui dire qu'une action en justice serait possible, mais non, il n'en a fait qu'à sa tête, comme à l'accoutumée. De guerre lasse, elle a patienté dans la voiture pendant qu'il tentait de parler à Aurélie.

À leur retour, il lui a fait peur tant il semblait hors de lui. Il a fallu toute sa patience et l'intervention de leur voisin et ami pour arriver à le calmer… Mais il ne dort toujours pas. Elle l'entend faire les cent pas à l'étage et se refuse à l'affronter. Pas ce soir. Elle attendra demain.

Elle réajuste sa robe de chambre et se dirige vers la cuisine, le chat sur ses talons.

« Tu as encore faim, toi ? » dit-elle en le caressant.

Elle ouvre le placard sous l'évier et en sort un sac de croquettes. Au moment d'en verser dans la gamelle de Pacha, qui se frotte contre ses mollets, elle aperçoit de la lumière à l'extérieur : une voiture vient de s'arrêter dans la cour pavée. Interdite, Évelyne voit deux hommes s'avancer jusqu'au porche.

Oubliant le matou, qui marque sa désapprobation en miaulant, elle se dirige vers la porte d'entrée et l'entrouvre juste avant que les étranges visiteurs ne frappent.

« Madame Récamier, je suis le lieutenant Dupuis. Pouvons-nous entrer ?

– À cette heure ? Qu'est-ce qui se passe ?

– Je préférerais que nous en discutions à l'intérieur si cela ne vous dérange pas. »

Évelyne laisse s'avancer le duo.

Alerté par le bruit, Gaspard Récamier, furieux, descend l'escalier en nouant la ceinture de son peignoir.

« Ne me dites pas que cette garce a porté plainte ? C'est moi la victime dans l'histoire !

– Oh là ! On se calme, monsieur. De qui parlez-vous ?

– De cette lorette qui se donne de grands airs ! Aurélie Clavery. Je présume que c'est elle qui est venue pleurer à votre porte.

– Vous admettez donc être allé à la galerie.

– Mais bien sûr ! Et plutôt deux fois qu'une ! Mais il n'y avait pas de quoi alerter les gendarmes. Je sais me tenir, moi !

– Et à quelle heure êtes-vous rentré à votre domicile ?

– Je ne sais pas… vers 20 heures, ou 20 h 30 peut-être. Qu'est-ce que j'en sais ? Tu t'en souviens, toi ? » demande-t-il à sa femme, qui semble tétanisée à l'idée que son époux ait pu avoir un comportement répréhensible.

« C'était un peu après 20 heures. J'avais allumé la télé. Le journal télévisé venait de commencer.

– Et quelqu'un d'autre peut en attester ?

– Et pourquoi me demandez-vous ça ? Elle en a encore après moi ? crache Gaspard. Elle n'a pas apprécié que je lui tienne tête, c'est ça ?

– Est-ce que quelqu'un d'autre que votre femme peut témoigner que vous étiez bien chez vous à cette heure-là ?

– Oui, notre voisin, intervient Évelyne. Gaspard était si énervé à notre retour que je n'arrivais pas à lui faire entendre raison. Je l'ai appelé et il est resté avec nous jusqu'à 21 h 30 environ. Nous avons bu un verre, vous n'avez qu'à le lui demander.

– Nous irons le voir bien évidemment. »

Puis se tournant vers l'époux :

« Pourquoi vous être emporté contre Mme Clavery ?

– Cela ne vous regarde pas. C'est une affaire privée. Si ce n'est pas elle qui est venue porter plainte, vous pouvez me dire ce que vous faites chez moi à cette heure-là ?

– Aurélie Clavery a été retrouvée assassinée lors de la soirée qu'elle donnait au centre culturel. »

Évelyne Récamier porte une main à sa bouche pour étouffer un cri. Son visage devient blême. Prise d'un vertige, elle doit poser son bras sur le dossier du fauteuil pour éviter de flancher. Gaspard demeure interdit, les yeux grands ouverts, semblant sincèrement surpris à l'annonce de cette nouvelle.

« Vous n'allez pas me coller sa mort sur le dos. Je suis innocent. Oui, nous avons eu un différend sur une acquisition, mais je ne l'aurais jamais tuée pour ça.

– Vous restez à notre disposition jusqu'à ce que votre alibi soit confirmé par votre voisin. Vous viendrez signer votre déposition à la gendarmerie. Si d'ici là, un détail vous revenait sur le déroulement de la soirée, appelez-nous immédiatement. »

D'un mouvement de tête, Dupuis indique à Labrosse qu'il est temps de quitter le domicile des Récamier, abandonnant le couple totalement désemparé.

# 6

*8 mars 2022, après le meurtre*

Delphine Clavery referme la porte d'entrée et pousse un soupir de lassitude. Elle a l'impression d'avoir vieilli de vingt ans en l'espace de quelques heures. Elle regagne le salon et se laisse tomber sur un canapé, sous le regard, tout aussi las, de son époux :

« Le docteur est parti ?

– Je viens de le raccompagner. Il lui a donné une dose massive de sédatifs afin qu'il puisse se reposer un peu, le pauvre. Mon Dieu, j'ai tellement de peine ! Comment pourra-t-il supporter cela ? Je n'arrive pas à m'imaginer qu'Aurélie est… est… »

Delphine éclate en sanglots. Ce qui vient de se passer ce soir est tellement inimaginable qu'elle n'arrive pas à mettre de mots dessus.

Michel se frotte le visage, comme s'il essayait de sortir d'un mauvais rêve. Il tente de faire bonne figure, mais il est sonné. Les relations qu'il entretenait avec sa belle-fille s'étaient dégradées depuis quelques semaines. Il n'en avait parlé à personne. Pas même à son épouse. Les circonstances de sa disparition lui laissent à penser qu'il n'était pas le seul à avoir des choses à reprocher à Aurélie. Pour le moment, ce qui lui importe, c'est de préserver sa famille à tout prix. Ils traverseront cette épreuve ensemble, tous les trois.

En pleine réflexion, il est interrompu par Delphine :

« Et Carole ? Qui va la prévenir ?

– J'imagine qu'elle est déjà au courant. C'est la mère d'Aurélie. Les flics l'ont certainement contactée. Ou bien peut-être un invité. De toute façon, ce n'est pas de notre ressort, nous avons bien assez de choses à gérer de notre côté.

– Il faudra penser aux obsèques. Je suppose que Carole voudra qu'elle repose auprès de son père. D'un autre côté, nous avons notre caveau de famille…

– Réveille-toi un peu, voyons. Tu crois que nous pourrons nous rendre aux pompes funèbres dès demain afin d'organiser les obsèques ? Mais tu rêves ! Je te rappelle qu'elle a été tuée. Et d'une horrible manière, d'après ce qu'on nous a dit. Tu as vu comme Mathias était choqué lorsqu'il est sorti de cette pièce ? »

À cette évocation, Delphine se remet à pleurer. Elle ignore si elle sera en mesure d'oublier un jour le hurlement de douleur de Mathias à la vue du corps ensanglanté de son épouse. Il a voulu se précipiter vers elle, mais en a été empêché par Louis et cette gendarme présente elle aussi à la soirée. Une chance ! Comment s'est-elle présentée, déjà ? Ah oui : le major Cipriani. Elle a demandé à tout le monde de se rendre dans la grande salle et de ne pas partir avant l'arrivée des renforts. Elle a fermé la porte et leur a permis à tous les trois de patienter avec elle dans le couloir, mettant des chaises à leur disposition.

Lorsqu'ils ont eu la permission de quitter les lieux, ils ont ramené Mathias au château. Il était impensable de le laisser seul dans cet état. Il était inconsolable, fébrile, incohérent. En désespoir de cause, elle a appelé leur médecin de famille qui a fait le nécessaire pour qu'il puisse récupérer un peu. Elle-même se demande si elle pourra fermer les yeux cette nuit. Elle n'a aucune envie d'aller dormir pour le moment, en dépit de l'heure tardive.

Elle jette un œil à la pendule du salon puis observe son époux. Il n'est pas expansif de nature, mais elle le connaît suffisamment pour voir à quel point il est touché par les événements de ce soir. Ils connaissent Aurélie… connaissaient Aurélie, depuis qu'elle était enfant, ils la considéraient comme leur propre fille.

Elle essuie ses larmes et relève la tête en entendant son prénom.

« Tu disais ?

– J'appellerai le cabinet Ventura Lepel Cointet demain matin. J'ai demandé son avis au maire. Ce sont les meilleurs. Il nous faut une pointure.

– Pour quelle raison aurions-nous besoin d'un avocat ?

– Parce qu'Aurélie a été assassinée, que nous étions sur place, et plus encore, parce qu'elle était la femme de Mathias. Il sera obligatoirement soupçonné.

– Mais il est gendarme, voyons.

– Et alors !? Tu sais bien que depuis quelque temps, on nous sert des histoires de féminicides à tout bout de champ.

– Des histoires de féminicides ? Pour toi, ce ne sont que des histoires ?

– Ne me fais pas dire ce que je n'ai pas dit. Aurélie est morte et Mathias était sur les lieux. C'est tout.

– Comme la moitié de la bonne société de la région.

– La moitié de la bonne société, comme tu le dis, n'était pas mariée à Aurélie, contrairement à notre fils. Ils l'interrogeront et n'hésiteront pas à lui coller l'affaire sur le dos s'ils en ont la possibilité.

– Tu divagues. Ils formaient un couple uni.

– Est-ce que tu sais, toi, ce qui se passe dans l'intimité d'un homme et d'une femme lorsque les portes se referment ? Personnellement, je l'ignore. Nous ne savons de leurs relations de couple que ce qu'ils ont bien voulu nous montrer.

– Tu en sais quelque chose, répond Delphine dans un souffle. Et d'ailleurs, où étais-tu passé pendant que nous cherchions Aurélie ? Je ne t'ai pas vu dans la salle. »

D'un geste agacé, Michel part se servir un verre de whisky qu'il engloutit d'un seul trait.

« Alors ?

– J'étais dans le jardin en train de fumer une cigarette. Tu es contente ? Oui, je sais, je t'ai promis d'arrêter, mais après l'esclandre de Récamier, j'étais hors de moi. J'avais besoin d'un remontant.

– L'alcool ne te suffit plus…

– Oh c'est bon… Je ne suis pas d'humeur à entendre tes remontrances. On a eu notre compte pour ce soir. »

Delphine est à bout de forces et n'a pas le courage de faire entendre raison à Michel. L'heure est à la douleur, à la tristesse. Le temps des avocats viendra, mais pas ce soir. Elle aimerait qu'il comprenne que, pour le moment, la seule chose dont elle ait besoin, c'est de pleurer Aurélie.

Semblant lire dans ses pensées, Michel s'agenouille devant elle et lui prend les mains. Il lui sourit tristement.

« Je me chargerai de tout. Va te reposer, je te rejoins dans un instant. Mathias bénéficiera des meilleurs conseils possibles. Je te le promets. On va le sortir de là. »

Ils se dirigent tous deux vers l'escalier. Michel l'embrasse sur la joue et la regarde monter.

Lorsqu'il entend la porte de la chambre se refermer, il se rend dans son bureau. Il est inquiet. Bien plus qu'il ne le montre. Lui qui a une sainte horreur du scandale a conscience que leur nom sera la proie des vautours dès le lendemain. La presse est arrivée peu après les gendarmes, prévenue sans aucun doute par les correspondants locaux couvrant le vernissage.

Autre chose le préoccupe également : après la découverte du corps, alors qu'ils étaient tous les trois dans le couloir, essayant d'entourer Mathias de leur mieux, Michel avait remarqué un élément qu'il n'avait pas vu auparavant et qui, selon lui, nécessitera une explication : une ecchymose sur la pommette de leur fils. Il ne cesse d'y penser. Il y a certainement une explication à cette marque, il ne saurait en être autrement, mais il n'arrive pas à se départir d'un sentiment d'inquiétude. Sa décision est prise : il engagera un avocat dès demain. Rien ne doit être laissé au hasard.

Il ôte ses chaussures et s'allonge sur le divan de son bureau. Sa nuit sera courte.

*

Delphine se tourne et se retourne dans son lit, en vain. Michel n'est toujours pas venu la rejoindre. Pressentant qu'il passera la nuit dans son bureau, comme à chaque fois que quelque chose le préoccupe, elle ne cesse de penser à Aurélie et à sa mère, Carole. Comment survivre à la perte d'un enfant ?

En songeant à cela, Delphine se lève pour chercher son téléphone portable dans son sac à main. Il est éteint. Même si elle a conscience de l'utilité de ces appareils, elle a toujours déploré leur côté intrusif. Elle ne supporte pas les gens qui les sortent à tout bout de champ pour prendre des photos, envoyer des textos ou pire encore, répondre ou passer des appels en public. Il reste systématiquement éteint lorsqu'elle n'en a pas besoin.

Une fois allumé, une trentaine de SMS arrivent simultanément. Elle les consulte rapidement : messages de condoléances, demandes de nouvelles… Les corbeaux viennent aux infos. Elle s'en veut immédiatement d'avoir de telles pensées. La plupart des invités du vernissage étaient des amis ou des connaissances. Leurs mots sont, sans doute, sincères. Mais les réponses attendront demain ou plus tard, lorsqu'elle en aura le temps et, surtout, l'envie.

Elle entrouvre la porte et vérifie rapidement dans le couloir que personne ne s'y trouve. Rassurée, elle compose un numéro de tête. Elle sait que, comme à chaque fois, la seule voix qu'elle entendra sera celle, mécanique, du répondeur. Mais peut-être que dans quelques heures, elle recevra un appel en retour. C'est ce qu'elle espère de tout son cœur en laissant ces quelques mots sur une boîte vocale : « Aurélie a été tuée. Nous avons besoin de toi. »

# 7

*9 mars 2022*

Le lendemain matin, l'équipe est sur le pont. Le lieutenant Dupuis dirige les opérations depuis que le capitaine Clavery a été mis sur « la touche » par son supérieur. Le groupe est choqué, bien évidemment, par l'assassinat de sa femme qu'ils connaissaient tous, mais aussi par le fait que leur capitaine soit considéré comme suspect au même titre que toutes les personnes présentes au vernissage. Leur mission est simple : trouver le coupable et disculper par la même occasion leur chef.

Dans l'attente des images vidéo de la soirée, les recherches s'intensifient. La liste des invités est épluchée : deux journalistes de *Sud Ouest*, le maire de Cestas, son adjoint et leurs épouses, des notables, quelques familles de vignerons, des amis des Clavery, des clients de la galerie, des prospects… Chaque nom a reçu un code couleur. Certains sont soulignés, d'autres barrés. Dupuis note sur son calepin de demander des explications à Louis de Bearn à ce sujet. En revanche, aucune trace de Récamier sur le fichier. Aurélie ne l'avait donc pas invité. *Pourquoi se déplacer juste ce soir-là, alors ? Et quelle était la raison de leur litige ?*

Dupuis n'a jamais été à la tête d'une enquête. Il a toujours été un bon « second », organisé, scrupuleux, droit dans ses bottes. Un véritable militaire. Il est né à Cestas, y a grandi et a suivi les traces de son père en devenant gendarme. Il sent que cette enquête peut être une opportunité, alors il ne veut pas risquer d'oublier quoi que ce soit. Chaque détail a son importance. Il connaît de réputation presque tous les invités.

Une fois l'ensemble des vidéos et des photos récupérées sur Internet et sur les portables des convives, l'équipe va pouvoir pister les déplacements de chacun. Étudier leurs comportements. Un agent de sécurité était présent à l'entrée et ce dernier a été catégorique : à l'exception de Gaspard Récamier, qui a tenté de franchir le cordon, il a refusé l'accès à toute personne dont le nom ne figurait pas sur sa liste. Le coupable se trouve donc forcément sur ce papier que Dupuis fixe depuis de longues minutes, les sourcils froncés. *Un beau panier de crabes…*

Il décide d'organiser un briefing et convoque son équipe.

« Nous attendons dans la journée le rapport d'autopsie de notre victime. Mais la cause de la mort semble connue et l'heure du décès se situe vraisemblablement entre 19 h 30 et 20 h 30. Donc, Fanny, comme tu étais sur place, tu vas te charger d'interroger l'associé. Pendant que tu y seras, tu en profiteras pour fouiner un peu. Il s'est passé un truc pas net entre Récamier et Aurélie et je suis convaincu que Bearn doit être au courant. Emmène Maxime avec toi. Moi, je vais chez les Clavery et je passerai voir Mathias dans la foulée. Ça ne va pas être une partie de plaisir. »

Fanny s'apprête à ouvrir la bouche, mais Dupuis l'interrompt d'un geste de la main :

« Je sais que tu voudrais venir avec moi, mais tu as l'habitude de travailler en binôme avec Mathias, il est préférable que je m'y rende seul. »

Fanny baisse le regard et poursuit la lecture des interrogatoires des invités encore présents au moment de la mort d'Aurélie. Elle a bien géré la situation : empêcher tout le monde de quitter la salle, sécuriser le périmètre en attendant son équipe. Seuls Mathias et ses parents ont eu l'autorisation, compte tenu des circonstances, de rentrer chez eux.

Au commissariat de Cestas, l'atmosphère est pesante. La brigade est déstabilisée. Dupuis aimerait pouvoir les rassurer, mais au fond de lui, contrairement à ses hommes, il doute. Il n'a jamais apprécié Mathias. Ce fils à papa, né avec une cuillère en argent dans la bouche, comme diraient les anciens, n'a rien à faire parmi eux. Alors que, lui, Francis, a gravi les échelons un à un.

Fidèle à ses principes, il ne peut pas feindre une tristesse qu'il n'éprouve pas, mais compatir, en revanche, c'est tout à fait dans ses cordes. Il s'éclaircit la gorge :

« Les gars, n'oubliez pas : on est une famille. Quand l'un d'entre nous est dans la merde, on est tous concernés. Alors, on va tout faire pour le sortir de là. »

Fanny le regarde, reconnaissante. L'équipe se lève d'un bloc, prête à s'atteler à la tâche qui l'attend : retrouver l'assassin d'Aurélie Clavery.

*

Francis Dupuis ralentit à l'intersection qui dessert le château Clavery. Tout le monde le sait dans la région, c'est ici que Mathias a failli mourir lorsqu'il était petit. Le village s'en était ému à l'époque et avait prié pour la survie du garçon.

Francis prend un dernier virage à gauche et découvre une grille imposante en fer forgé. Il doit sortir de sa voiture pour accéder à l'interphone. À l'instant où le portail s'ouvre, la bâtisse se dévoile enfin. Il roule lentement afin de profiter au maximum du tableau qui s'offre à lui.

Le château Clavery porte bien son nom. C'est une demeure impressionnante, autant par sa taille que par son architecture. Une longue allée bordée de chênes mène au bâtiment principal tout en pierres bordelaises. Le gendarme est surpris. S'il savait que son collègue appartenait à l'une des plus grandes familles de la région, il n'en avait pas saisi l'importance avant aujourd'hui.

*Pourquoi est-il entré dans la gendarmerie alors qu'il serait tellement plus facile et confortable de travailler dans cet endroit de rêve ?*

Francis note dans un coin de sa tête de lui poser la question.

Il gare son véhicule et observe les alentours. Les vignes occupent les côtés et l'arrière de la demeure. Une femme d'une soixantaine d'années l'attend sur le perron. Grande, mince, les cheveux blonds tirés en chignon, elle semble terriblement éprouvée, mais conserve un sourire de façade.

« Madame Clavery ?

– C'est moi.

– Je suis le lieutenant Dupuis. Je souhaiterais vous poser quelques questions ainsi qu'à votre mari. Je peux entrer ?

– Vous êtes un ami de Mathias ? dit-elle en s'effaçant pour le laisser passer.

– Son collègue, oui. »

Il ne veut pas lui donner de faux espoirs. Il mènera son enquête avec la même rigueur que toutes les autres. Personne ne pourra le soupçonner de partialité.

Une fois dans le salon, Delphine Clavery lui indique le canapé tandis qu'elle s'assoit dans un fauteuil, face à lui. Elle tire sur sa jupe afin d'en ôter un pli et réajuste son gilet. Une table basse en chêne clair les sépare.

« Désirez-vous quelque chose à boire ? Un thé, un café, un jus de fruits, peut-être ? »

Sa voix est douce, lasse, légèrement traînante. Parler lui demande visiblement un effort et, malgré lui, Francis ressent immédiatement un élan de sympathie.

« Non, merci. Je ne veux pas vous importuner dans ces moments difficiles, mais j'ai toutefois quelques questions à vous poser. Pouvez-vous appeler votre mari ?

– Il n'est pas là.

– Où est-il ?

– Cela pourra vous sembler incongru qu'il s'absente en un tel moment, mais, voyez-vous, la nature n'attend pas. Il est allé contrôler les parcelles.

– C'est-à-dire ?

– Le château est vaste, cependant, paradoxalement, nos pieds de vigne produisent peu.

– C'est dommage », compatit Francis, qui ne comprend pas trop l'intérêt de cette explication.

« Non, c'est un choix. Nous préférons limiter la production afin d'en améliorer la qualité. Deux fois par semaine, mon mari fait le tour des vignes pour vérifier que chaque pied évolue de la façon espérée. Nous ne pouvons pas nous permettre de déroger à cette règle, ne fût-ce qu'aujourd'hui. »

Elle s'arrête, attendant ses questions. Dupuis sort un calepin, s'éclaircit la voix et commence :

« Pouvez-vous me raconter la soirée d'hier ?

– Nous sommes arrivés vers 18 h 30. Il y avait déjà beaucoup de monde. Aurélie était charmante, comme à l'accoutumée. C'était une réception très réussie. Nous ne nous sommes pas aperçus qu'elle avait disparu et c'est vers 20 heures, ou peut-être était-il un peu plus tard, que nous avons entendu un cri. Ils l'avaient retrouvée… »

Sa voix se brise.

« Et vous n'avez rien remarqué d'autre ? Il n'y a eu aucun incident ?

– C'est-à-dire que… un de nos amis, Gaspard Récamier, s'est un peu emporté. C'est un sanguin, mais il n'y avait rien d'important. Je vous assure.

– En êtes-vous certaine ? D'après ce qu'il nous a été rapporté, cela semblait plus sérieux.

– Les gens sont bavards, vous savez… surtout lorsqu'ils n'ont rien à dire. Vous pourrez en parler à Mathias.

– Je dois aller chez lui, justement. Je lui poserai la question.

– Chez lui ? Mais Mathias est ici. Après ce qu'il s'est passé, nous n'allions pas le laisser seul. Il est dans sa chambre et se repose. Voulez-vous que j'aille le chercher ?

– S'il vous plaît, oui », répond Francis, contrarié de ne pas avoir eu connaissance de cette information plus tôt.

Profitant de l'absence de la maîtresse de maison, le lieutenant se lève et balaie les lieux du regard. Ce salon ressemble davantage à une salle de réception. Les murs, d'un blanc immaculé, sont tapissés de tableaux colorés. Le gendarme n'y connaît absolument rien en art, mais il est convaincu qu'ils doivent représenter une petite fortune. Deux commodes anciennes, des bouquets de fleurs fraîches, de magnifiques tapis en soie et pas une seule trace de poussière.

Cette pièce semble sortie tout droit d'un magazine de décoration. Francis s'arrête devant un morceau de bois peint reposant sur un socle en métal. Un peu étonné, son regard se fixe sur cet objet bien étrange qui semble lui faire de l'œil.

« C'est un esprit Mimih. »

Surpris, il se retourne. Mathias se trouve face à lui, le regard vide, les yeux rougis et la barbe naissante.

« Les aborigènes d'Australie croient aux Mimih. Ce sont des esprits lumineux et protecteurs. Tu penses que je vais en avoir besoin ?… »

La voix de Mathias se brise. L'émotion est palpable. Les deux hommes se fixent droit dans les yeux.

« Écoute, Mathias, je vais être direct : peux-tu me dire ce que tu faisais au moment de la mort d'Aurélie ? »

Mathias secoue la tête en fronçant les sourcils.

« La dernière fois que j'ai parlé à Aurélie, c'était juste avant que son assistante ne casse des bouteilles dans la cuisine… ou peut-être est-ce après… je ne sais plus.

– Tu sais mieux que quiconque à quel point il est important d'être précis.

– Mais j'essaie bon sang ! Je te jure que j'essaie. »

Il rassemble ses souvenirs et poursuit :

« Elle est partie voir ce qui se passait et moi je suis sorti prendre l'air quelques minutes. Quand je suis rentré, Louis m'a dit qu'il la cherchait depuis un certain temps. Il semblait soucieux, alors je lui ai suggéré d'aller voir dans son bureau. Je n'étais pas inquiet. Je n'avais aucune raison de l'être et c'est à ce moment que l'on a entendu les hurlements de Karine. Impossible de me sortir ces cris de la tête.

– Et cette marque sur la pommette, tu te l'es faite comment ?

– Je me suis pris la porte vitrée en allant sur la terrasse. J'ai eu un vertige et je n'ai pas vu que c'était fermé.

– O.K. Tu as croisé quelqu'un dans le jardin ?

– Je ne crois pas. J'étais tout seul.

– J'espère que les caméras et les images des réseaux sociaux vont nous aider, car actuellement, je suis désolé, mais tu n'as aucun alibi.

– Je sais bien, mais tu ne penses quand même pas que j'aurais pu assassiner ma femme ? Tu me connais depuis suffisamment longtemps…

– Je fais mon boulot, Mathias, et je suis certain que tu agirais de la même façon si les rôles étaient inversés. »

Mathias baisse la tête, préférant se réfugier dans le silence.

« Tu peux m'expliquer la raison de l'altercation entre ta femme et Récamier ?

– Je n'en ai aucune idée. Je me souviens qu'Aurélie est venue me dire que mon père avait calmé le jeu entre eux. Puis elle a entendu du bruit dans la cuisine et elle est partie.

– Et ce bruit ?

– C'est Karine qui avait cassé des bouteilles de vin. Lorsque Aurélie est revenue, elle était très énervée, mais devant ses invités, elle a repris le contrôle, comme toujours… elle était tellement forte… »

Il s'interrompt, le regard soudain voilé. Gêné, Dupuis préfère prendre congé.

« Je vais te laisser. Je te tiendrai au courant quand on aura visionné toutes les images. J'espère qu'elles nous aideront à y voir plus clair. Je repasserai interroger ton père très rapidement.

– Tu as récupéré le rapport d'autopsie ?

– Tu as été écarté de l'enquête. Je ne peux rien te dire de plus. Je suis désolé. »

Mathias regarde son lieutenant quitter la pièce sans un mot. Une oppression soudaine lui écrase la poitrine, l'empêchant presque de respirer.

« Il est parti ? »

Mathias sursaute en apercevant sa mère s'avancer dans sa direction.

« Tu veux que je te prépare quelque chose à manger ? »

Une brusque nausée l'envahit.

« Non, maman. Merci. J'ai n'ai vraiment pas faim. Je vais dans ma chambre essayer de dormir une heure ou deux.

– Tu ne veux pas une petite infusion du jardin, insiste-t-elle sans se départir de son sourire.

– Non, maman. Merci. »

Le ton de sa voix s'est durci. Ses mains se crispent. Il montre à cet instant un visage soucieux, presque en colère.

« Ta tisane miracle ne me sera d'aucune aide. On doit trouver celui qui a assassiné Aurélie. »

Il étouffe un sanglot.

« C'est tout ce qui compte, tu comprends ? Et ce qui me rend dingue, c'est que je ne peux rien faire pour les aider. Ma femme est morte et je dois attendre ici. »

Delphine se prépare à passer une main dans les cheveux de son fils, comme elle le faisait si souvent lorsqu'il était petit, mais ce dernier se recule instinctivement pour prendre de la distance et grimpe les escaliers, abandonnant sa mère totalement décontenancée.

Être seul pour réfléchir est tout ce qui lui importe pour le moment. Il observe son reflet dans le miroir de sa chambre et peine à se reconnaître. La marque sur sa pommette est encore douloureuse au toucher. Il espère que l'excuse de la porte convaincra ses collègues, car c'est la seule qu'il donnera.

*

Le lieutenant Dupuis, de retour à la brigade, contacte l'IML[1] de l'hôpital de Bordeaux pour avoir des nouvelles de l'autopsie d'Aurélie Clavery. Après une très brève conversation, il raccroche d'un coup sec.

« Notre affaire n'est, a priori, pas prioritaire… Il va falloir attendre. »

Fanny intervient :

« On a une idée approximative de l'heure de la mort. À 19 h 15, Aurélie étant encore vivante, je la situerais donc entre 19 h 30 et 20 h 30, heure à laquelle l'assistante a découvert le corps. Le meurtrier connaissait la victime. C'est donc forcément personnel. L'homicide volontaire ne fait pour moi aucun doute. La question est maintenant de savoir s'il était prémédité ou pas.

– Le type de la sécurité est certain que seul Récamier a tenté de forcer l'entrée. Le coupable se trouve donc parmi les invités ou bien le personnel.

– Tu penses qu'on peut faire confiance à ce gamin ?

– Quel intérêt aurait-il à mentir sur un sujet aussi grave ?

– La peur d'avoir fait une connerie peut-être ? »

---

1 Institut médico-légal. En province, ils sont souvent situés dans des C.H.U.

# 8

*9 mars 2022*

En début d'après-midi, Fanny, accompagnée par le gendarme Labrosse, arrive à la galerie Dubuisson, située en plein cœur de Bordeaux, près de la place des Quinconces. L'espace est luxueux, lumineux. Aurélie Clavery et Louis de Bearn l'ont inauguré en 2017.

Intriguée et attirée par l'art aborigène depuis plusieurs années, Aurélie avait effectué de nombreux voyages en Australie et notamment dans les territoires du Nord, en terre d'Arnhem, pour rencontrer des artistes et comprendre leur façon de peindre, leurs traditions, leurs rituels. Quelques mois lui avaient suffi pour repérer des artistes à haut potentiel et sélectionner des œuvres afin de les exposer dans sa galerie. Des créations variées allant de la peinture sur toile ou sur écorce, à des sculptures sur bois ou encore des objets tels que des lances, des boucliers, des boomerangs et des didjeridoos[1].

Aurélie avait souhaité conserver son nom de jeune fille pour la façade et Louis apportait quant à lui son important carnet d'adresses. Très rapidement, la galerie

---

1 Instrument de musique emblématique des aborigènes.

Dubuisson était devenue un lieu incontournable dans la région pour tout amateur d'art aborigène.

Les deux gendarmes pénètrent dans la pièce principale. Face à eux, Louis de Bearn est attablé à son bureau. C'est un homme d'une cinquantaine d'années, mince, les cheveux grisonnants. Il a l'air absent et semble soucieux.

« Monsieur de Bearn ? »

Ce dernier redresse la tête, le teint livide et les cernes très marqués. Depuis hier soir, il ne parvient pas à focaliser ses pensées sur autre chose que le visage ensanglanté d'Aurélie. La nuit a été définitivement courte et agitée pour tous.

« Je vous attendais. Je n'arrive pas à réaliser qu'Aurélie n'est plus là. Cela n'a aucun sens. Qui a bien pu commettre un acte aussi horrible ? Comment vais-je faire sans elle ? Aurélie, c'était l'âme de la galerie.

– Monsieur de Bearn, mon collègue va jeter un œil à son bureau pendant que nous discuterons ensemble. Vous n'y voyez pas d'inconvénient ? »

Bearn semble soudain préoccupé. Inquiet. Il hoche la tête en signe d'approbation. Que pourrait-il dire d'autre de toute façon.

« D'accord.

– Vous connaissez le mot de passe de son ordinateur ?

– Oui. Jonsnow@1977. Aurélie est… était une grande fan de la série *Game of Thrones*, ajoute-t-il en esquissant un sourire à peine perceptible.

– Je sais que nous vous avons déjà interrogé le soir du meurtre, mais pourriez-vous me raconter de nouveau le déroulement de la soirée ?

– Nous sommes arrivés tous les deux vers 16 heures. Tout était organisé à la perfection. Les œuvres étaient bien en place. La scénographie, réglée. Le traiteur commençait à dresser les buffets. Il régnait une grande effervescence. Nous étions très tendus et excités à la fois, mais convaincus que la soirée serait une réussite. Tous les invités avaient répondu présents.

– Combien étaient-ils ?

– 284 au total. Rien que du beau monde. Nous allions avoir d'excellentes retombées dans la presse et avions déjà quelques promesses d'achat très sérieuses.

– Que s'est-il passé ensuite ?

– La salle était comble. Les convives paraissaient tous enchantés d'être là. Le champagne coulait à flots et les ventes commençaient, enfin… les intentions d'achat, car les formalités se règlent toujours dans un second temps. Ce n'était ni le lieu ni le moment de nous occuper d'argent. Et soudain, j'ai entendu des cris. C'était Gaspard Récamier qui faisait un esclandre à l'entrée.

– Il n'était pas invité ?

– Non.

– Pourquoi être venu alors ? »

Bearn semble soudain hésitant, cherchant à présent ses mots.

« Je ne sais pas trop. C'est un homme, disons un peu sanguin et surtout très fier, comme tous les notables de la région. Il devait certainement être vexé de ne pas figurer sur notre liste d'invités. »

Fanny perçoit des bruits provenant du clavier de l'ordinateur d'Aurélie, signe que le jeune gendarme est parvenu à le débloquer.

« Tu trouves quelque chose, Maxime ? »

La voix de son collègue lui parvient de l'autre pièce :

« Rien du tout pour l'instant. »

Bearn passe une main nerveuse dans ses cheveux.

« O.K., revenons à Récamier. Il est pourtant l'un de vos clients. C'est curieux qu'il n'ait pas fait partie de votre liste.

– Je suppose qu'Aurélie avait ses raisons de ne pas l'inviter.

– Ne serait-ce pas plutôt à cause d'un souci avec une acquisition récente ?

– Aurélie m'en avait effectivement touché un mot. Une méprise sur un artiste. Une question de datation je crois, mais franchement rien de méchant. Dans l'art aborigène, il faut savoir que certaines toiles ne sont ni signées ni datées. Cela peut occasionner quelques erreurs de temps en temps.

– Et après ?

– Aurélie était préoccupée et puis il y a eu cet incident avec Karine. Ce n'était pas la première fois qu'elle nous posait des problèmes, alors Aurélie s'est emportée violemment.

– Où se trouve votre assistante à ce propos ?

– Je lui ai donné sa journée. Elle a été terriblement choquée. Le médecin lui a prescrit des tranquillisants. J'ai préféré qu'elle reste chez elle aujourd'hui.

– Nous allons devoir l'interroger de nouveau, et assez rapidement. C'est elle qui a découvert le corps et elle a été incapable de nous fournir une explication sur sa présence dans ce bureau.

– Évidemment, mais mettez-vous un peu à sa place. Nous ne sommes pas franchement habitués à nous retrouver confrontés à des cadavres. La pauvre fille était traumatisée, incapable de prononcer un seul mot. Il faut la comprendre. Elle sera là demain, si tout va bien.

– Donc, Karine casse des bouteilles, Aurélie s'en prend à elle, sort se calmer dans le jardin, puis plus rien. Elle disparaît et vous ne l'avez plus revue vivante. C'est bien cela ? »

Bearn soupire en fermant les yeux.

« C'est bien ça.

– Vous n'avez rien à ajouter ?

– Je ne vois pas. Je suis encore sous le choc. Comment va Mathias ?

– Il est chez ses parents. Il est abattu, évidemment. »

L'adjudant Labrosse réapparaît :

« S'il vous plaît, monsieur de Bearn, le tiroir de droite de Mme Clavery est fermé. Vous auriez la clé ? »

Le galeriste, surpris, détourne la tête. Hésitant, il ânonne quelques mots :

« Non, je ne pense pas. Désolé.

– Pas de souci. Je vais me débrouiller autrement. »

Un craquement brutal retentit bientôt dans l'autre pièce.

Quelques dizaines de secondes passent. Louis de Bearn manifeste des signes de nervosité croissante. Il tourne la tête de droite à gauche, semblant chercher quelque chose, se gratte les mains avant de se servir un verre d'eau dont il vide le contenu d'un trait.

« Alors, tu as trouvé un truc, Maxime ? »

Au moment où Fanny s'apprête à se lever, elle obtient une réponse :

« Rien dans l'ordinateur, mais en revanche il y avait un dossier bien planqué dans le fond du tiroir fermé à clé qui me semble bien intéressant.

– Il dit quoi ce dossier ?

– Que les affaires de la galerie Dubuisson ne sont pas aussi nettes qu'elles le paraissent.

– Monsieur de Bearn, vous pouvez nous expliquer ? »

À cet instant, la peur s'abat sur l'homme comme un piège. Le visage de Fanny vient de perdre toute expression de bienveillance. Bearn est acculé. Il estime que parler est désormais sa seule option. Son cerveau mouline dans le vide, ne sachant vraiment pas par où commencer.

« Nous avons beaucoup de dossiers ici, comment puis-je savoir quel est celui que vous avez trouvé ? »

Une bien piètre tentative pour gagner quelques secondes. Maxime Labrosse franchit la porte avec, dans les mains, une pochette cartonnée de couleur verte, qu'il tend à Bearn.

« Et là ? Vous le remettez ? C'est quand même bizarre, qu'à l'heure de l'informatique, des ventes d'un tel montant ne soient pas archivées avec les autres. Qu'en dites-vous ?

– Ce sont… ce sont les ventes particulières dont Aurélie s'occupait. »

Fanny s'impatiente :

« Monsieur de Bearn, vous allez devoir être beaucoup plus clair que ça. Nous menons une enquête et n'avons pas le temps de jouer aux devinettes, alors, si vous ne nous parlez pas maintenant, c'est au poste que vous le ferez. »

Louis ne peut plus reculer et pour la première fois, il va trahir la confiance de sa défunte amie.

« C'était au mois de juin dernier, la journée avait été plutôt calme et Aurélie m'avait convaincu de rentrer tôt, pour une fois. Il faut comprendre qu'elle était plus qu'une collègue. Nous avons grandi ensemble, nos parents se connaissaient. C'était une amie de ma sœur cadette. Nous avons conçu cette galerie tous les deux. »

Fanny l'écoute tandis que Labrosse prend des notes. Bearn étant prêt à parler, il est inutile de le brusquer. Pas maintenant. Il poursuit :

« J'étais à hauteur de la Villa Primrose lorsque l'orage a éclaté. J'ai décidé de faire demi-tour et d'aller chercher Aurélie afin de la raccompagner chez elle.

– Pourquoi ça ? Elle n'avait pas de voiture ?

– Aurélie n'aimait pas les orages, on ne peut pas lui en vouloir après ce qui s'était passé… »

Louis s'arrête. Fanny fronce les sourcils. Il lui semble que Mathias avait évoqué l'angoisse qu'un orage provoquait sur son épouse. Elle lui demanderait des précisions ultérieurement. Ce qui importait pour le moment, c'était le contenu de la pochette.

« Continuez, je vous prie.

– Je lui proposais systématiquement de la raccompagner lorsqu'un orage grondait. Elle laissait sa voiture et Mathias l'emmenait le lendemain. J'ai donc fait demi-tour.

« Quand je suis arrivé à la galerie, elle n'était pas seule et a semblé embarrassée en me voyant. Elle était en train de placer une œuvre dans un carton d'emballage. Même si le papier bulle la dissimulait en partie, j'étais certain que je ne l'avais jamais vue auparavant. Aurélie m'a souri et m'a demandé d'aller l'attendre dans son bureau.

« J'étais sidéré, je ne comprenais pas la raison pour laquelle elle m'avait demandé de partir alors qu'un acheteur devait passer. Nous ne procédions jamais ainsi. Après le départ de son client, elle m'a rejoint. J'ai exigé des explications, vous devez vous en douter.

– Et vous connaissiez le client en question ?

– C'était Gaspard Récamier. »

Fanny hoche la tête en se pinçant les lèvres. Cette « petite méprise » concernant un artiste se révélait en fait être une belle arnaque. Récamier avait donc un sérieux mobile et une véritable raison d'en vouloir à

Aurélie. Une bagatelle de plusieurs milliers d'euros, à en juger par les montants qui figuraient sur les documents…

« Et ?

– Il s'est avéré qu'elle faisait, depuis quelque temps… comment dire… des ventes peu orthodoxes.

– Pourriez-vous être plus précis ? »

Louis de Bearn se tait un instant, cherche à trouver les mots justes et reprend en s'adressant à Fanny :

« Que connaissez-vous à l'art aborigène ?

– J'avoue, pas grand-chose. Je sais que c'est la spécialité de votre galerie, mais je ne pourrais pas vous en dire plus.

– Comme la majorité des gens, en général. Aurélie avait un véritable don. Elle avait senti, dès son premier voyage en Australie, que cet art provoquerait un engouement certain en Europe. C'est elle qui m'a convaincu d'être à ses côtés, en nous associant. Contrairement aux artistes plus conventionnels, les aborigènes ne signent pas leurs tableaux. Ils peuvent peindre seuls ou en communauté.

« Au début, Aurélie passait par des centres d'arts locaux qui servaient d'intermédiaires entre les artistes et les acheteurs potentiels. Les œuvres étaient dans ce cas authentifiées et estampillées grâce à un certificat et à un numéro d'origine.

« Au fil du temps, Aurélie a pris contact avec certaines communautés. En traitant directement avec elles, les prix d'achat des œuvres étaient moindres, certes, mais la difficulté venait de l'authentification. Comme je vous l'ai expliqué, peu d'aborigènes signent leurs créations, car pour eux la peinture est un art collectif. En général, seule une photo de l'artiste près de son œuvre permet de l'authentifier.

– Il y a un marché important pour ce style de tableaux ? » l'interrompt Maxime, incrédule, en montrant une œuvre exposée sur sa droite.

Bearn esquisse un sourire :

« Fort heureusement pour nous. Celui-ci est un tableau d'Emily Kame Kngwarreye.

– Et combien ça coûte ? »

S'il est surpris par une telle question, Louis ne laisse rien paraître et fixe le gendarme :

« Plusieurs dizaines de milliers d'euros. »

Maxime siffle d'admiration.

« Ah oui quand même ! Mais où est l'embrouille ? Parce que j'imagine qu'il y en a une.

– Les œuvres n'étant pas signées, il est facile de les attribuer à tel ou tel artiste en faussant les authentifications. »

Fanny détaille les feuillets et les montre à Louis.

« Et c'est ce que faisait Aurélie ?

– C'est ce que j'ai compris. Nous nous sommes querellés à ce propos et je l'ai sommée de ne plus me mêler à ses affaires douteuses.

– Rassurez-moi, toutes les œuvres que vous exposez ne sont pas des "faux", j'espère.

– Bien sûr que non. Je ne l'aurais pas toléré. Elle m'avait promis que cela resterait exceptionnel.

– Et c'est tout ? demande Fanny. Vous gérez une galerie et acceptez que votre associée franchisse la ligne jaune sans rien dire ?

– Comprenez qu'Aurélie et moi sommes amis… étions amis, depuis l'enfance. C'est un lien plus fort que tout. Et je dois préciser que les tableaux que nous vendions n'étaient pas vraiment des "faux". Ils n'étaient juste pas tous peints par l'artiste lui-même, mais par des membres de sa famille, par sa communauté. C'est tout.

– Tout va bien alors, me voilà rassurée, conclut Fanny avec une pointe d'ironie. Eh bien, je crois que nous en avons terminé. Vous devrez passer demain à la gendarmerie afin de consigner tout cela. Nous aurons très certainement d'autres questions à vous poser.

– Vous devez comprendre qu'Aurélie n'a pas fait ça au départ pour s'enrichir, mais pour aider ses parents. Elle a mis le doigt dans l'engrenage avec une petite falsification qui lui a rapporté quelques milliers d'euros. C'est passé comme une lettre à la poste, alors elle a continué. Elle a perdu pied, mais je ne peux pas lui en vouloir. Pas après ce qu'elle a vécu.

– Vous pouvez être plus précis ?

– L'orage… »

# 9

*26 mai 2018, 6 h 30, jour de l'orage*

En allumant la radio ce matin-là, Valentin Dubuisson sentit instinctivement que cette journée serait compliquée. Météo-France venait de placer 21 départements en vigilance orange en alertant sur une situation orageuse nécessitant une attention très particulière.

*Nécessitant une attention particulière... Des conneries, oui... On voit bien que ces types n'ont jamais foutu un pied dans un vignoble...*

À chaque grosse intempérie, tous les paysans sont sur le pied de guerre en espérant que l'orage s'éloigne de leurs terres, que le front s'amenuise petit à petit, ne provoquant que de fortes averses. Le vignoble des Dubuisson avait déjà été fortement endommagé en avril 2017 après trois jours de gel qui détruisirent 30 % de la récolte. Valentin était cependant parvenu à sortir la tête de l'eau et à repartir au front.

Mais ce matin du 26 mai, il eut comme un pressentiment. Un mauvais pressentiment.

Incapable de se défaire d'un malaise grandissant, il faisait virevolter sa cuillère dans un café bientôt froid lorsqu'un ami viticulteur l'appela : l'évolution n'était pas bonne. Le département des Landes avait été très durement touché et l'activité allait encore s'intensifier. Des rafales proches des 100 km/h emportaient tout sur leur passage.

Valentin sentit qu'il devait sortir, aller voir ses vignes, leur parler, les rassurer. Son épouse, Carole, lui dit que cela n'était pas prudent, mais il refusa de l'écouter. Il quitta le domicile, les traits tirés par l'inquiétude et s'installa au milieu de ses terres, scrutant le ciel qui s'assombrissait chaque minute un peu plus. Les cumulonimbus se regroupaient à une vitesse folle. Ils s'épaississaient prêts à imploser. Totalement démuni et seul, il décida alors de s'agenouiller sur le sol et se mit à prier pour que l'orage l'épargne pour une fois, pour qu'il frappe à côté.

Il demeura là pendant des heures lorsque, vers 14 h 30, la température chuta brutalement de 27 à 11 degrés en l'espace de quelques secondes. En dix minutes, des grêlons de plusieurs centimètres de diamètre s'abattirent sur les vignes en pleine floraison. À 15 heures, Valentin ne put que constater les dégâts : ses vignes étaient ravagées. Les feuilles à terre. Les ceps déchiquetés. Le fruit de plusieurs années de travail avait été détruit en dix toutes petites minutes.

Au total, ce furent 7000 hectares de vignes qui disparurent ce 26 mai 2018. Il n'y avait plus rien à faire, juste à attendre les experts et les aides promises par l'État, à laisser défiler les images des chaînes d'information en continu sans vraiment les voir. Compte tenu du coût prohibitif des assurances, Valentin Dubuisson, à l'instar de la plupart de ses collègues, n'avait souscrit aucun contrat contre les risques climatiques.

Les jours qui suivirent, chaque propriétaire établit un état des lieux. Et comme à chaque fois, certains furent totalement épargnés, comme le château Clavery, et d'autres perdirent tout, comme les Dubuisson.

L'intensité du phénomène fut si importante que des scientifiques souhaitèrent l'étudier. Certains viticulteurs avaient pourtant tenté de se protéger grâce aux dispositifs anti-grêle, mais en vain. L'explication vint quelques mois plus tard. Cet orage s'était formé à une hauteur de quinze kilomètres du sol contre trois habituellement et c'est pour cette raison que les ballons chargés de sel qui devaient agir au cœur de la cellule orageuse et transformer la grêle en pluie ne furent d'aucune utilité.

Les Dubuisson avaient tout perdu.

Les premiers temps, l'entraide fonctionna parfaitement, puis les semaines passèrent et chacun tenta de reconstruire ce qu'il put. Valentin se résigna à aller voir son ami Clavery, les banques l'ayant abandonné, mais ce dernier prétexta d'énormes investissements et refusa tout net de l'aider. Les relations entre les deux familles se tendirent et Mathias et Aurélie se retrouvèrent seuls au milieu de ce champ de ruines.

Les mois s'écoulèrent. Au départ, Valentin Dubuisson chercha au fond de lui le courage nécessaire pour avancer, mais très vite il cessa de se battre. Il passait ses journées en pyjama, allongé dans son lit, le regard vide. Malgré la présence assidue de sa femme et de sa fille, il semblait déconnecté de la vie. Puis il arrêta progressivement de manger et de boire. Mme Dubuisson prit peur et appela l'hôpital afin qu'il soit pris en charge. Valentin refusa, évidemment. Alors, pour éviter de quitter sa maison, il recommença à boire un peu, à manger juste ce qui était nécessaire à sa survie. Il reprenait peu à peu goût à la vie à grand coup de Prozac et de Lexomil. Aurélie et sa mère reprenaient quant à elles espoir. La violence du choc ayant été immense, il était donc normal que la reconstruction soit longue et délicate.

Et un matin, Valentin se leva. Il prit une longue douche, les yeux fermés, se rasa et s'habilla. Il pénétra dans la cuisine sous le regard étonné de sa femme et se servit un café. Il contempla son jardin par la fenêtre. Le ciel était d'un bleu intense. Il embrassa son épouse sur le front et lui susurra à l'oreille :

« Je vais mettre de l'ordre dans mes papiers. Je t'aime. »

Il entra tranquillement dans son bureau et ferma la porte à clé. À cet instant, Carole sentit un poids lui comprimer la poitrine, qui l'empêcha presque de respirer. Elle se raidit et resta plantée dans le salon, inerte, incapable du moindre mouvement.

Puis il y eut cette détonation qui fit trembler tous les murs de la maison. Un seul coup, suivi d'un silence glacial. Carole se précipita vers le bureau, actionna la poignée, qui résista, tambourina à la porte, hurla le prénom de son mari, le suppliant d'ouvrir. Ses poings étaient en sang.

Quelques minutes plus tard, elle se releva et appela les pompiers, puis sa fille.

Lorsque Aurélie arriva, elle distingua un corps sur une civière, recouvert d'un drap maculé de sang. Elle aperçut sa mère sur une chaise, le regard éteint, sans la moindre lueur de vie. Ses yeux hagards cherchaient une explication. Aurélie souhaita entrer dans le bureau de son père, mais les secours le lui interdirent. Elle se débattit, força le passage et découvrit une scène de carnage. Une nausée fulgurante lui retourna l'estomac et c'est alors qu'elle vomit.

Le 18 décembre 2018 fut un jour dont Aurélie se souviendrait toute sa vie. Il allait sonner le glas de son innocence. C'est à partir de cette date qu'elle allait vouer à la famille Clavery une rancune éternelle. Une rage qui remontait à la surface à chaque rencontre, envahissant son cœur et ses entrailles. Une haine féroce pour ceux qui n'avaient pas souhaité tendre la main à ses parents. Ils avaient assassiné son père. Ce dernier était mort empli de colère et de honte. Sa mère, le cœur broyé, ne put s'en remettre et se résolut d'ailleurs à quitter Loupiac très rapidement, l'abandonnant seule avec Mathias et une belle-famille qu'elle avait décidé de détester au plus profond d'elle-même. Sa mère avait tout perdu. L'homme qu'elle aimait. Son château. Ses vignes. Elle n'avait plus rien. Aurélie, en revanche, avait un objectif : celui de permettre à sa mère de retrouver sa place. Par n'importe quel moyen.

*

*9 mars 2022*

Lorsque Louis de Bearn se tait, Fanny a compris. Elle connaît maintenant la raison de la rancœur qu'Aurélie éprouvait vis-à-vis de ses beaux-parents. Comment a-t-elle pu continuer à les côtoyer comme si de rien n'était ? Et son couple, n'a-t-il pas pâti de cette histoire ? Mathias en a-t-il voulu à ses parents, lui aussi ? Beaucoup trop de questions qui demeurent pour le moment sans réponses.

De retour à la gendarmerie, Fanny consulte avec attention les documents trouvés à la galerie. Si le nom de Gaspard Récamier y figure bien, aucune trace en revanche de Michel ou de Delphine Clavery. À première vue, la victime ne s'intéressait donc qu'à l'argent et pas à la vengeance. Mais qui pouvait réellement connaître les sentiments d'Aurélie ? Mathias, son mari, fils de ceux qui avaient refusé de tendre la main à ses parents ? Son associé, à qui elle a volontairement caché son petit trafic ?

Noyée dans ses pensées, Fanny sursaute en entendant Francis l'interpeller à l'autre bout de la pièce : ils ont les vidéos de la soirée et ne seront pas trop de deux pour les regarder. Étant présente au vernissage, elle pourra aider à l'identification des invités. Elle se lève, verse deux cafés dans des mugs aux couleurs de la République et le rejoint dans la salle de visionnage.

## 10

*9 mars 2022*

La salle de visionnage est, en fait, une pièce vacante qui fait également office de réserve, très éloignée du luxe du « bastion »[1] parisien et des SR[2] des grandes villes de province. Quelques cartons, dont personne n'a eu le courage de se débarrasser, traînent à côté de l'une des nombreuses armoires grises qui tapissent les murs. Au fond, un bureau. Un ordinateur doté de trois écrans en occupe une grande partie. Plusieurs clés USB et une vingtaine de cartes SD sont disposées dans des pochettes permettant d'identifier la provenance des images. Tout ce qui a pu être récupéré comme vidéos ou photos lors de la soirée du 8 mars se trouve réuni ici. Ils en ont pour des heures. En prévision du travail qui les attend, Francis a pensé à apporter des biscuits et du chocolat noir.

Lorsque Fanny arrive, Dupuis remarque ses traits tirés. Il sait que, comme tous les collègues, elle est éprouvée par le drame que traverse Mathias. D'ailleurs,

---

1 Nouvelle adresse de la PJ parisienne : 36 rue du Bastion, dans le 17e arrondissement.

2 Section de recherche. Elles sont rattachées à une région.

n'était-elle pas l'unique représentante de la brigade à avoir été invitée au vernissage ? *Il faut croire qu'elle est la seule à être digne de fréquenter le gratin du coin !* se dit-il, amer.

Contrairement aux autres, jamais Mathias ne les a conviés chez lui. Il a toujours une bonne raison. Il ne rechigne pas à aller chez les uns et les autres pourtant, mais il ne leur a jamais rendu la pareille. Il les invite parfois au restaurant, mais jamais chez lui ; et encore moins au château.

Francis n'apprécie pas cette distance entre gendarmes. Une brigade, c'est comme une famille. Même Fanny les a tous reçus dans son minuscule appartement, encombré par deux bouledogues français.

Lorsqu'elle s'approche, un café dans chaque main, il lui adresse un large sourire :

« Comment vont Franck et Sinatra ?

– C'est Roméo et Elvis, comme le chanteur.

– Franck Sinatra était aussi un chanteur, et lui au moins, il avait de la voix.

– Ne parle pas de ce que tu ne connais pas, s'te plaît. Et pour répondre à ta question, ils se portent à merveille.

– Tant mieux. J'espère qu'ils ont meilleure mine que toi.

– Honnêtement, ce n'est pas difficile, vu qu'ils passent la plupart de leurs journées vautrés sur le canapé. Le rêve ! D'ailleurs, merci pour le chocolat. J'ai apporté aussi du carburant. »

Elle pose un mug devant lui, approche un fauteuil à roulettes et s'y affale. Elle enlève ses chaussures et installe ses pieds sur l'assise.

« Je me mets à l'aise, ça ne te dérange pas ?

– T'inquiète. Allez, c'est parti ! On commence par la caméra principale, celle qui filmait l'intérieur de l'espace culturel en plan large. Elle nous permettra d'avoir une vue d'ensemble. Pour une fois, on a de la chance, car les assureurs avaient expressément demandé qu'ils installent un système vidéo de dernière génération. »

Les images sont d'une qualité impressionnante. Fanny donne des informations sur les invités qu'elle reconnaît. Lorsqu'ils en identifient, ils le précisent à côté de la liste des convives qui leur a été transmise par Louis de Bearn.

Aurélie Clavery était une femme d'une grande beauté. Élancée, les cheveux courts, elle avait un petit côté Charlize Theron auquel Dupuis est visiblement sensible. Il met la vidéo en pause et zoome sur son visage :

« Qu'est-ce qu'une nana comme elle pouvait bien trouver à Mathias ?

– L'amour, ça te parle ? répond Fanny, irritée. Leurs parents sont amis, ils se côtoient depuis l'enfance, fréquentent les mêmes cercles. Ça crée des liens, non ?

– Quand même, tu ne pourras pas m'enlever de la tête que le fait qu'une femme d'une telle classe se marie avec un gendarme est surprenant.

– Honnêtement ? Je ne trouve pas. Allez, on continue parce que si tu t'arrêtes toutes les cinq minutes pour faire des remarques de ce genre, on va y passer la nuit. »

Le film de la soirée se déroule sous leurs yeux : les invités vont et viennent, s'émerveillant devant les tableaux et les sculptures exposés. Fanny apparaît. Dupuis pousse un sifflement admiratif :

« Eh bien, Cipriani, t'es canon dans cette robe ! Je ne te l'avais pas dit le soir du meurtre, parce que ce n'était pas le moment, mais sans rire, ça te change des jeans !

– Vas-y, tais-toi !

– Non, c'est vrai, ça te va super bien. »

Dupuis détourne son regard quelques instants de l'écran pour lire une dépêche qui vient de tomber : le groupe d'intervention de la PJ de Bordeaux vient de laisser filer 250 kilos de cocaïne.

« Quelle bande de rigolos… ils ont dû encore arriver toute sirène hurlante comme à leur habitude. »

Fanny esquisse un sourire.

« Tu ne les aimes pas beaucoup, hein ?

– On est différents. C'est tout. Je n'apprécie pas leur côté supérieur. On a l'impression d'être de pauvres bouseux quand on bosse ensemble. Ça m'insupporte. Bref, on y retourne. »

Les minutes passent, ils fixent l'écran et arrêtent le film, prennent des notes et continuent… Un attroupement près de l'entrée, il est 18 h 45.

« Ça doit être Récamier.

– Pourquoi n'es-tu pas intervenue ? Tu aurais peut-être pu calmer les choses, non ? D'ailleurs, je ne te vois pas…

– J'étais partie téléphoner dans le jardin. La fille de ma voisine devait s'occuper des chiens et je voulais m'assurer qu'elle les avait bien sortis. C'est ce que je fais quand je rentre tard. Je n'ai rien vu de l'esclandre. Lorsque je suis revenue, tout semblait normal.

– O.K. Tu as croisé Mathias à l'extérieur ? Il n'était pas dans la salle à ce moment-là, lui non plus.

– J'ignore où il était.

– Un des enregistrements nous le dévoilera peut-être.

– Sans doute. »

Après un long moment, Mathias revient dans le champ de vision de la caméra, s'arrête devant un tableau et le fixe sans bouger. Lorsque sa femme lui parle à l'oreille, il ne semble pas comprendre ce qu'elle lui raconte. Puis il sursaute tandis qu'elle se dirige vers l'arrière-salle.

« Je pense que c'est là que les bouteilles se sont cassées », murmure Fanny en inscrivant le minutage sur son cahier : 19 h 15.

Effectivement, Aurélie réapparaît, nerveuse, échange quelques mots avec son époux puis sort.

La fin de cette première vidéo ne fait que confirmer le déroulement de la soirée telle que les témoins l'ont raconté. Aucun événement exceptionnel hormis l'altercation avec Récamier.

Soudain, Francis et Fanny se rapprochent instinctivement de l'écran : Louis de Bearn semble soucieux. Il se dirige vers Delphine et lui glisse quelques mots. Il part ensuite en direction de Mathias, lui parle, sans que celui-ci réagisse, puis sort du champ de la caméra. Fanny rompt le silence :

« Il cherche Aurélie. C'est à ce moment-là que nous nous sommes tous demandé où elle était.

– Tous, tu es sûre ? »

Francis arrête le film et zoome. Le visage de Mathias apparaît en gros plan. Il fixe toujours le tableau et ne semble pas se soucier de l'agitation naissante de certains des invités. Au bout de quelques secondes, il part, lui aussi, dans la même direction que Bearn.

« Je trouve que pour un homme qui aime sa femme, il a l'air peu concerné par son absence. De deux choses l'une : ou il était dans les habitudes d'Aurélie Clavery de disparaître sans raison, ou alors…

– Oui ? »

Francis hésite.

« Va au bout de ta pensée », insiste Fanny, visiblement agacée.

« Ou bien, il était pertinemment au courant de l'endroit où elle se trouvait et certain qu'elle ne pourrait pas revenir de sitôt.

– N'importe quoi. Hé oh ! On se calme. On parle de Mathias, là.

– Je sais bien et ça ne m'enchante pas, mais regarde un peu et réponds-moi si tu peux : comment s'est-il fait cette ecchymose ? »

Il bouge la souris de l'ordinateur et forme un cercle sur la pommette marquée de Mathias. Fanny observe à son tour, désemparée : elle n'a aucune réponse à lui apporter.

# 11

*10 mars 2022, dans la matinée*

La voiture bleu nuit de la gendarmerie de Cestas s'arrête devant une modeste maison de plain-pied, située dans le quartier nord-ouest de Gradignan. La façade, peinte en jaune clair, est garnie de fenêtres à barreaux destinés à faire fuir d'éventuels cambrioleurs. Fanny et Francis s'apprêtent à rencontrer Karine Orcière, l'employée de la galerie. Ne voulant pas brusquer la jeune fille, encore choquée après avoir découvert le corps d'Aurélie, c'est chez elle qu'ils ont prévu de l'interroger.

Fanny sort de la voiture et tente, en vain, d'enlever les poils de chien qui parsèment sa veste, sous le regard narquois de son collègue :

« Ne me dis pas qu'en plus d'être moches, Jacky et Michel perdent leurs poils ?

– Pitié ! C'est Roméo et Elvis. Tu fais exprès d'être lourd ou c'est génétique chez toi ? Eh oui, ils perdent leurs poils, rien de plus banal pour des chiens. »

Elle s'apprête à sonner, légèrement agacée, mais la porte s'ouvre avant qu'elle n'en ait eu le temps. Une femme d'une cinquantaine d'années leur fait face.

« Madame Orcière ? Gendarmerie de Cestas. Nous aimerions parler à votre fille.

– Elle vous attendait. Entrez. »

Lorsque Fanny s'avance, une odeur de cire mêlée de lavande la ramène aux vacances qu'elle passait enfant dans le Piémont, chez ses grands-parents italiens. Elle sourit intérieurement en entrant dans le salon. C'est une petite pièce surchargée de meubles disparates allant de l'armoire normande en chêne massif au bureau mélaminé blanc, acheté, sans doute, chez IKEA. Tout est immaculé.

Sur le canapé en tissu fleuri, Karine Orcière est installée à côté de son père. Les yeux gonflés, rougis, elle semble très affectée. Ses cheveux blonds, réunis en queue de cheval, accentuent son apparence juvénile. Sa mère désigne deux fauteuils aux gendarmes et s'assoit près de sa fille, qui n'a toujours pas prononcé un mot depuis leur arrivée.

Embarrassé, le lieutenant Dupuis toussote pour combler le silence.

« Bonjour, mademoiselle, nous sommes en charge de l'enquête sur la mort de Mme Clavery. Je sais bien que vous êtes encore sous le choc, mais nous devons vous poser quelques questions. »

Karine lève un regard implorant en direction du gendarme en s'efforçant de retenir ses larmes.

« Je ne me rappelle pas, je suis désolée.

– Nous sommes là justement pour vous aider à vous souvenir. »

Karine se penche pour prendre sa tasse de thé sur la table basse. Sa main est tremblante. Quelques gouttes se renversent sur le tapis. Elle serre alors le breuvage entre ses doigts pour se donner une certaine contenance. Pour se réchauffer aussi, car malgré la température estivale pour un mois de mars, la jeune femme est glacée.

« Que faisiez-vous juste avant de découvrir le corps de Mme Clavery ? »

Karine fronce les sourcils. Ses mains se crispent tandis que ses jambes s'agitent.

« Je ne sais plus, je vous assure. Je crois que j'étais dans la cuisine.

– Écoutez, mademoiselle Orcière, nous comprenons, c'est un choc, mais nous devons faire notre travail et je suppose que vous souhaitez autant que nous trouver la personne qui a assassiné votre patronne ?

– Évidemment…

– Alors faites un petit effort s'il vous plaît, nous parlons d'un événement qui s'est passé il y a tout juste deux jours. »

Il attend une seconde avant de demander :

« Vous faisiez quoi dans cette cuisine ?

– Je devais ranger ou bien laver les verres. »

La jeune femme pousse un soupir et ressort un mouchoir de sa poche qu'elle serre désormais dans son poing.

« Je n'y arrive pas. »

Pour venir à son secours, M. Orcière prend alors la parole :

« Vous ne pourriez pas revenir un autre jour ? Vous voyez bien, ma fille est encore très fragile, elle est incapable de répondre à vos questions.

– Non, monsieur, nous ne pouvons pas revenir un autre jour. Nous voulons juste savoir ce que faisait votre fille à l'heure de la mort de sa patronne. Ce n'est pas très compliqué. C'est à se demander si vous ne nous cachez pas quelque chose… »

Dupuis ne parvient plus à masquer la colère qui perce dans sa voix. Face au regard glacial du lieutenant et surprise par cette attaque aussi frontale, Karine éclate en sanglots. Ses lèvres tremblent d'épuisement. Sa mère se lève pour la serrer dans ses bras, mais elle la rejette d'un mouvement de la main. Après quelques minutes, la jeune femme reprend ses esprits en inspirant profondément.

« Aurélie n'était pas si gentille que ça avec moi. En fait, elle n'était gentille avec personne. Même avec Louis, ça pouvait mal se passer. »

Les deux gendarmes se jettent un regard de satisfaction. Le témoin est désormais prêt à parler. Ils décident de garder le silence, conscients que dans les prochaines minutes, Karine Orcière va leur déverser un flot de paroles ininterrompu. Cela se passe toujours ainsi. Le blocage, le doute puis enfin la délivrance.

« Je suis arrivée en retard à la soirée. Je devais être là pour 18 heures, parce que je devais aider en cuisine, mais j'ai eu un souci de transport. Ma voiture est tombée en panne. J'étais très stressée, convaincue que j'allais me faire disputer par Aurélie. J'ai appelé mon père pour qu'il vienne me chercher et m'emmène au centre culturel. Il y a eu en plus un accident sur la route et des bouchons.

« Du coup, je suis arrivée sur place vers 19 heures. Je savais qu'il y avait un passage par l'arrière-cuisine, alors j'ai décidé de le prendre pour éviter de croiser Aurélie. Je me disais que peut-être, elle n'aurait pas remarqué mon absence. En montant les escaliers, j'ai bousculé quelqu'un. J'étais tellement pressée que je ne me suis pas excusée. J'avais le nez sur ma montre pour vérifier l'heure. C'est à ce moment-là que j'ai entendu des cris. Je me suis cachée, car j'ai immédiatement reconnu la voix d'Aurélie. Elle était avec son beau-père. Je n'ai pas tout compris, mais ce que je peux vous affirmer, c'est que M. Clavery était vraiment furieux. »

Karine baisse la tête. Elle passe sa langue sur ses lèvres desséchées en déglutissant avec difficulté. Sa mère, toujours à l'écoute, se lève pour aller lui chercher un verre d'eau qu'elle avale d'une seule traite avant de poursuivre :

« Je crois avoir entendu le nom de M. Récamier, une histoire de tableaux, d'arnaque. Il répétait le mot "scandale" à tout bout de champ. Aurélie ne disait rien. Je me doutais qu'elle devait même sourire de temps en temps. Elle faisait ça tout le temps quand il y avait des crises à gérer et je peux vous dire que c'était très énervant, mais plutôt efficace. Les derniers mots de M. Clavery ont été "je te préviens, c'est la dernière fois que tu me fais ça". Il était vraiment hors de lui. Ils sont partis et j'ai pu pénétrer dans la cuisine. J'avais beaucoup de retard que j'ai essayé de rattraper comme j'ai pu. À un moment, j'ai entendu un bruit et en me retournant brutalement, j'ai renversé des bouteilles de vin qui étaient sur une étagère. Il y en avait partout. Je me suis précipitée pour tout laver parce que j'avais peur qu'Aurélie découvre ma bêtise, mais elle est arrivée quelques secondes après, folle de rage. »

Karine semble épuisée. Ses jambes se remettent à trembler et ses doigts ne cessent de triturer sa chevelure. Fanny sent à cet instant qu'elle doit reprendre la parole pour laisser retomber la pression :

« Vous nous aidez beaucoup, Karine. C'est très bien. Qu'a fait Aurélie ensuite ? » demande-t-elle d'une voix emplie de compassion.

La jeune femme fixe la gendarme en fronçant les sourcils. Elle semble soudain chercher à se souvenir d'un élément qui la trouble depuis le début de son interrogatoire, en vain.

« Karine ? Vous êtes toujours avec nous ? »

Plongée dans ses pensées, elle sursaute.

« Désolée… Aurélie était vraiment furieuse quand elle a découvert les bouteilles sur le sol.

– Et donc ?

– Eh bien, elle a fait ce qu'elle fait en général lorsqu'elle est énervée. »

Karine baisse la tête et murmure :

« Elle m'a frappée. Après, elle m'a dit "demain matin, je veux te voir au bureau à 8 heures" et elle est partie. »

## 12

*10 mars 2022*

« Elle vous a frappée ? »

Les deux gendarmes sont sous le choc. Karine hoche la tête, honteuse face au regard stupéfait de ses parents.

« Oui, elle m'a giflée.

– Et cela lui arrivait souvent d'être violente avec vous ? »

Karine secoue la tête en silence.

« Et vous ne disiez rien ? Vous n'en avez jamais parlé à M. de Bearn ?

– Non, c'était juste quelquefois. Quand elle était très énervée. Quand je faisais une bêtise. Elle n'aimait pas ça. Il faut que vous compreniez, ce travail c'est toute ma vie. Je n'ai pas fait de grandes études, mais je suis une passionnée d'art. Je lis beaucoup. Dès que c'est possible, je vais au musée. Alors, lorsque j'ai postulé dans la galerie Dubuisson et qu'Aurélie m'a engagée, c'était juste un rêve.

– Que faisiez-vous pour elle ?

– Tout. J'étais son assistante.

– Elle était sa *boniche*, oui… lance son père d'une voix pleine de colère.

– Arrête, papa, tu exagères.

– Elle lui apportait le café, faisait des photocopies, allait au pressing déposer ses vêtements. Pour vous, c'est quoi ?

– Tu n'y connais rien, je faisais ça, c'est vrai, mais aussi plein d'autres choses : je cherchais des artistes, j'assistais à des réunions, je participais à des expositions. J'ai rencontré des gens brillants avec qui j'ai pu discuter. Aurélie m'a donné ma chance et ça, je ne l'oublierai jamais.

– Un poste comme le vôtre dans une galerie de Bordeaux a dû susciter beaucoup de candidatures. Alors, pourquoi vous avoir engagée, vous, particulièrement ?

– Pour sa naïveté certainement… »

Fanny et Dupuis fixent M. Orcière avec étonnement devant tant de violence verbale.

« Je devais être la plus motivée. Eh oui, j'avoue que je me suis laissé faire, je n'ai jamais réagi quand elle me criait dessus, mais je vous assure qu'elle avait de bons côtés. J'apprenais beaucoup à son contact.

– Ses dernières paroles tendraient à prouver qu'elle voulait se débarrasser de vous.

– Pas du tout. Elle voulait juste mettre les choses au clair. Me recadrer, vous comprenez. Je suis tête en l'air parfois.

– Vous deviez lui en vouloir tout de même un peu ?

– Non, jamais. Ce boulot, c'est toute ma vie. Jamais je n'en retrouverais un comme ça. Il faut que vous compreniez qu'Aurélie était malgré tout une femme bien. Alors, O.K., parfois elle dépassait un peu les bornes, mais elle savait aussi se montrer généreuse : la dernière fois qu'elle est partie en voyage en Italie, elle m'a rapporté un très beau cadeau. »

Karine se lève en direction de la bibliothèque.

« Regardez, c'est une pièce en bronze qui représente Janus. »

Devant l'air interrogateur des deux gendarmes, elle poursuit :

« C'est le dieu aux deux visages. C'est le gardien des portes, des entrées et des sorties. C'est pour cela qu'il est toujours représenté avec deux faces. L'une tournée vers le dedans et l'autre vers le dehors. C'est un dieu protecteur. Aurélie me disait toujours qu'il y a un Janus en chacun de nous. Que tout le monde a deux visages. Celui que l'on montre aux autres et celui que l'on garde pour soi.

– Elle savait de quoi elle parlait vraisemblablement… Revenons au moment où vous avez découvert le corps de votre patronne. Que faisiez-vous donc dans ce bureau ?

– C'est justement pour m'excuser une nouvelle fois que je suis montée la voir. Quand elle était énervée, à la galerie, je savais qu'elle se réfugiait souvent dans son bureau. Je me suis dit qu'elle devait faire pareil ici. Et quand je suis arrivée en haut, c'est là que je l'ai vue. Elle était allongée et il y avait du sang partout. C'était horrible.

– Je n'arrive pas à vous croire quand vous dites que vous ne lui en vouliez pas.

– Je vous jure que c'est vrai, Aurélie avait des excuses. Elle n'a pas eu une vie facile.

– Nous sommes au courant, mais ce n'est pas une raison pour vous frapper. Absolument rien ne justifie de tels actes. Je n'arrive pas à comprendre comment personne n'a jamais rien dit, car je pense que vous n'étiez pas la seule à être traitée de la sorte. C'est exact ?

– Pas mal d'assistantes ont en effet défilé à la galerie. Elles n'ont pas tenu longtemps, mais, moi, je voulais réussir, alors j'ai tout accepté. Elle était toujours très gentille après. »

Karine serre entre ses mains la pièce en bronze.

« Comme je vous l'ai dit, elle s'excusait souvent, et me faisait un cadeau ou me donnait une petite prime à la fin du mois. »

Elle foudroie son père du regard, lui interdisant de répondre d'un geste de la main.

« Je sais ce que tu vas dire, papa, mais non, elle n'achetait pas mon silence. Elle était sincèrement désolée. Sans compter le suicide de son père, dans sa vie de famille, ce n'était pas facile tous les jours.

– Que voulez-vous dire par là ? » demande Fanny.

Le visage de Karine s'éclaire soudain. Elle semble se souvenir d'un détail.

« Ce n'était pas évident de vivre avec la famille Clavery. Elle avait des problèmes avec les parents. On ne peut pas lui en vouloir après ce qu'ils ont fait. Vous savez qu'ils ont refusé d'aider M. et Mme Dubuisson, c'est horrible, non ? Les Clavery ont la mort du père d'Aurélie sur la conscience, et je pense qu'ils n'en ont rien à faire. Comment vouliez-vous qu'Aurélie puisse vivre à leurs côtés, partager la même table le dimanche, sans rien dire ? Elle a tout accepté pour son mari… Et pour quel résultat…

– Que voulez-vous dire ?

– Non, rien du tout… »

Karine laisse échapper un soupir, elle sait bien qu'elle n'a pas raconté toute la vérité.

## 13

*10 mars 2022*

Le retour en voiture à la gendarmerie se fait dans un silence de plomb. Fanny et Dupuis sont en pleine réflexion suite aux révélations de l'assistante d'Aurélie. Chacun est concentré et réfléchit aux conséquences de cette nouvelle.

Une fois dans les locaux, un briefing s'impose. Dupuis, en chef, prend la parole. Au départ sur la réserve, il apprécie de plus en plus ce rôle de patron : il aime encadrer, exposer les faits, transmettre, synthétiser. Il ne l'aurait jamais imaginé auparavant, mais ce poste est finalement taillé pour lui.

« Alors, voilà ce que nous venons d'apprendre : si notre victime se comportait ainsi avec son assistante, elle aurait pu le faire avec d'autres personnes et donc fournir un mobile à de nouveaux suspects. »

Fanny le fixe en esquissant un sourire.

« Tu veux dire par là que Mathias n'est plus l'ennemi public numéro un ? »

Dupuis lui lance un regard sans équivoque.

« Mathias demeure notre principal suspect…

– Mais quel intérêt aurait-il eu à assassiner sa femme, voyons ? Ils étaient amoureux. Quant à l'argent… sa famille est blindée. Et puis c'est Mathias, on le connaît, putain. C'est notre capitaine. »

Fanny fixe ses collègues, droit dans les yeux, chacun à leur tour. Toute l'équipe détourne le regard. Pour les uns, c'est la gêne qui domine, pour d'autres, la colère, la contrariété, l'incompréhension. Mathias a toujours été un chef apprécié et respecté. Les gendarmes sont des militaires. L'ordre et la hiérarchie font partie de leur quotidien. Alors, en venir à envisager la culpabilité d'un des leurs est très difficile à gérer pour la majorité du groupe. Chacun connaît les réticences de Dupuis envers leur capitaine. Depuis le départ, les relations ont été compliquées, mais les deux hommes sont des professionnels et ce n'est pas parce qu'humainement le courant a du mal à passer, que Dupuis remet en cause cette hiérarchie. Lorsque ce dernier est entré dans la gendarmerie, il en connaissait évidemment les valeurs : disponibilité, discipline, loyauté et neutralité. Mais il ne pouvait se défaire d'un certain malaise au contact de son chef. Alors, lorsque les preuves ont commencé à s'accumuler, la décision n'a pas été difficile à prendre, contrairement aux autres membres de l'équipe.

« Vous vous êtes tous rangés derrière lui, c'est ça ? »

Fanny est furieuse. Elle ne comprend pas pourquoi personne n'envisage d'autres pistes et estime que l'enquête est presque bouclée, alors qu'elle vient à peine de commencer.

« Vous avez enquêté à charge. Maintenant que nous savons qu'Aurélie était violente avec son assistante, elle aurait pu se faire un paquet d'ennemis. Nous devons fouiller encore et encore. Lorsque Mathias reviendra parmi nous, moi, je pourrai le regarder en face et à voir vos gueules, je pense être presque la seule… »

L'adjudant Labrosse acquiesce :

« Fanny a raison, les gars. On doit encore creuser. On le doit à Mathias. Cela ne nous coûte rien. C'est peut-être un coup monté, justement pour lui faire porter le chapeau. Tout le monde sait que le conjoint est toujours le principal suspect dans ce genre d'affaires. Surtout quand on a exclu le vol. La mort a été très violente. C'est forcément quelqu'un qui lui en voulait beaucoup.

– Exactement, enchérit Fanny. Et franchement, vous n'avez aucun mobile pour Mathias.

– Nous n'avons pas de mobile. Pas pour l'instant. Mais il y a ce coup reçu qu'il ne s'est pas fait tout seul, quand même.

– Il nous a fourni une explication. Il a tout de suite dit qu'il s'était pris une porte vitrée en pleine tête. J'étais sur place et moi aussi, j'ai failli me cogner. »

Dupuis esquisse une moue dubitative.

« Facile le coup de la porte… Aucune image vidéo ne le confirme.

– Aucune ne l'infirme non plus. Et il n'est pas le seul à ne pas apparaître sur les images au moment de la mort d'Aurélie. Ni l'assistante ni le beau-père de la victime n'y figurent.

– Tu ne penses pas sérieusement que Michel Clavery puisse être dans le coup ?

– Et pourquoi pas ? Contrairement à la plupart d'entre vous, je ne suis pas de la région, alors, la soi-disant influence des Clavery, je m'en tape un peu.

– J'avais remarqué. Tu nous connais assez pour savoir qu'on explorera toutes les pistes. Absolument toutes. Mais garde à l'esprit que Mathias est en tête de liste.

– Comme si je pouvais l'oublier. Tant qu'il n'est pas officiellement en garde à vue, rien ne m'empêche de poursuivre l'enquête. Nous ne sommes pas débordés en ce moment. À vous de choisir votre camp. En ce qui me concerne, je ne pourrais jamais l'abandonner. Jamais. »

## 14

*17 mars 2022, 15 heures*

L'église Notre-Dame de Bordeaux est l'un des monuments touristiques de la ville et pourtant, Francis Dupuis n'y est allé que deux fois par le passé, dont une avec l'école, lorsqu'il était enfant. Il faut dire que la religion n'a jamais été son point fort. Il avait été baptisé, comme une grande partie des enfants de sa génération, mais ses parents n'avaient jamais jugé utile d'en faire plus. Aujourd'hui pourtant, il s'est arrangé pour arriver de bonne heure. Il tient à trouver la meilleure place, celle qui leur permettra, à Labrosse et à lui, d'observer toutes les personnes qui assisteront à la cérémonie tout en se faisant le plus discrets possible.

La tâche qui les attend aujourd'hui est loin d'être agréable : placer un collègue en garde à vue le jour des obsèques de son épouse est une chose difficile. Cependant, ils ont désormais assez d'éléments pour enclencher la procédure. Dupuis en a conscience : il se doit d'être irréprochable.

Il a toutefois accepté que Fanny n'ait pas à prendre une part active à l'interpellation de Mathias. C'est sa plus proche collègue. Elle a donc pris un jour de congé afin d'assister à la célébration. Pour le soutenir.

C'est aussi, pour elle, une façon de marquer sa désapprobation.

Labrosse arrive enfin. Ils se placent dans le collatéral gauche, derrière un pilier. Cela leur permettra, si nécessaire, d'avancer en direction du chœur sans éveiller l'attention. Les participants à la cérémonie s'installeront dans la nef, de part et d'autre de l'allée centrale, comme le veut l'usage.

Labrosse et lui se feront discrets pendant l'office. Ils placeront Mathias en garde à vue à sa sortie. Deux autres collègues les attendront devant l'église, à proximité du corbillard. Rien n'a été laissé au hasard.

Une vingtaine d'hommes et de femmes s'avancent et montent en direction de l'orgue. Maxime se penche vers son supérieur :

« C'est le chœur Notre-Dame. Je les ai vus chanter à la messe de Noël. Ce sont des bons, hein ?

– Tu vas à l'église, toi ?

– J'ai fait six ans de catéchisme, mes deux communions et ma confirmation, répond Maxime avec un large sourire.

– Et tu en es fier ? »

Le jeune gendarme se renfrogne, vexé. Il comprend néanmoins l'irascibilité de son chef. En tant que dernier arrivé dans la brigade, Maxime n'a pas eu véritablement le temps d'établir des liens forts avec Mathias Clavery, contrairement à tous les autres. Il le sait. C'est la raison de sa présence à l'église aujourd'hui. Dupuis a cherché une façon d'épargner les collègues les plus proches du suspect.

Les premières notes du prélude en fa mineur de Bach commencent à résonner dans l'église tandis qu'elle se remplit doucement. Amis, famille éloignée, entrent, se saluent et prennent place en laissant les premières rangées libres pour les proches.

Lorsque le *Pie Jesu* du Requiem de Gabriel Fauré commence, le silence se fait. Le cercueil d'Aurélie est porté, précautionneusement, par les employés des pompes funèbres. Carole Dubuisson, sa mère, soutenue par Mathias, étouffe ses sanglots dans un mouchoir qu'elle tient contre sa bouche. C'est une femme brisée qui n'a plus ni mari ni enfant. Elle porte en elle une souffrance qui ne la quittera jamais.

Dupuis scrute le suspect avec attention. Il a les traits tirés, le visage creusé par les cernes, les yeux rougis. *Se pourrait-il qu'il n'ait rien à se reprocher ?* Francis doute. Cela fait des années qu'il le côtoie quotidiennement. Mathias ne pourrait feindre un tel état. Se pourrait-il que Fanny ait raison ? Qu'ils n'aient pas exploré toutes les pistes ? Non… les indices concordants sont bien trop nombreux.

Le suspect et sa belle-mère s'assoient au premier rang, à droite.

Après la mère et l'époux suit la famille Dubuisson. Oncles, cousins, puis Louis de Bearn suivi de l'assistante, Karine Orcière.

L'associé d'Aurélie semble lui aussi très affecté. Dupuis note mentalement de fouiller un peu plus sa vie personnelle. Il est officiellement célibataire, mais il ne serait pas impossible qu'il soit tombé sous le charme d'Aurélie Clavery. Il se tient droit, digne, mais le tremblement de ses mains témoigne de la tension qui l'habite.

L'assistante, quant à elle, se fait particulièrement remarquer. En tenue de grand deuil, gantée et chapeautée, elle frise le ridicule. Karine Orcière renifle bruyamment en pleurant à chaudes larmes. Est-elle aussi éprouvée qu'elle aimerait le faire croire ou joue-t-elle la comédie ? Dupuis ne saurait le dire.

La famille et les amis du couple se placent derrière Carole. Louis de Bearn et son assistante, au premier rang de l'allée de gauche.

Michel Clavery et son épouse avancent enfin. Delphine porte des lunettes de soleil qui dissimulent à l'assemblée ses yeux pleins de larmes. Michel est de marbre. Froid. Les lèvres pincées. Il peine à digérer l'humiliation de ne pas être placé en début de cortège, avec la famille. C'était le souhait de Carole Dubuisson. C'est à cette unique condition qu'elle a accepté qu'ils soient présents. Ils s'installent derrière Louis et Karine.

La cérémonie commence. Les prières, chants et hommages se succèdent durant près d'une heure.

Les deux gendarmes se déplacent discrètement d'un pilier à l'autre, scrutant attentivement chaque visage. En remontant l'allée pour se placer derrière le second pilier, Francis croise le regard de Fanny. Elle s'est assise à l'écart du reste de l'assemblée. Elle le fixe durant quelques secondes puis secoue légèrement la tête en signe de désapprobation avant de baisser les yeux.

Lorsque le prêtre termine l'oraison et que l'orgue entame le *Libera me* de Gabriel Fauré, Labrosse et Dupuis sortent de l'édifice et se postent près de la porte.

Les fidèles saluent une dernière fois le cercueil d'Aurélie avant de se diriger vers le parvis.

Maxime est nerveux :

« Tu ne crois pas qu'on pourrait attendre qu'il y ait un peu moins de monde ? Il n'est que suspect. L'emmener maintenant, c'est le désigner comme coupable.

– Je te rappelle qu'on en a discuté ce matin avec l'équipe. On le met juste en garde à vue. Il est de la maison, il connaît la procédure, il doit forcément s'en douter.

– C’est juste le moment qui me dérange, là, c’est tout.

– Tais-toi, ils arrivent. »

Louis de Bearn a tenu à rendre un dernier hommage à son amie en portant le cercueil. Les yeux emplis de larmes et le poing droit serré derrière le dos, il suit la cadence imposée par les trois employés des pompes funèbres. Mathias a, quant à lui, préféré s’abstenir et demeurer en retrait aux côtés de sa belle-mère. Ils avancent lentement vers la sortie. Carole Dubuisson a le visage livide. Elle s’arrête, échange quelques mots avec son gendre et retourne, seule, vers le cercueil de sa fille.

Mathias balaie la petite foule du regard, fait un léger signe de la main en apercevant ses parents puis se fige en voyant Dupuis et Labrosse. Il fait deux pas dans leur direction et murmure :

« Vous ne pouviez pas attendre ce soir ?

– Tu sais bien que si ça n’avait pas été toi, nous ne t’aurions même pas laissé assister aux obsèques. Tu connais la procédure.

– Pas là, les gars. Pas devant la famille.

– Suis-nous sans faire d’histoire », lui répond doucement Francis.

Il est ému face à la détresse de son capitaine et la possibilité qu’il soit innocent l’effleure une nouvelle fois.

Mathias semble résigné à le suivre. Il s’avance avant de stopper net. Il hésite deux secondes, fait volte-face et se met à courir en direction de la sacristie sous le regard interloqué de Carole, du prêtre et de l’assistance.

« Merde ! Il se barre ! »

Quelques secondes seulement ont suffi à Mathias pour fausser compagnie à ses collègues. Stupéfaits, les deux gendarmes, positionnés à l'entrée de l'église, perdent un temps précieux à se frayer un passage à travers la foule.

Mathias est déjà presque arrivé à sa voiture, garée Allées de Tourny, lorsque Dupuis et Labrosse sortent enfin de la sacristie. Ils n'ont aucune idée de la direction que leur collègue a emprunté. Dupuis est furieux et vexé de s'être fait berner. Lui qui se demandait encore il y a quelques minutes s'il ne commettait pas une erreur en plaçant Clavery en garde à vue ! Labrosse, désemparé, cherche de l'aide dans le regard de son chef.

Lorsque Fanny les rejoint, ébranlée par la scène qui vient tout juste de se dérouler devant ses yeux, toutes les justifications sont inutiles. Ils restent tous les trois immobiles, impuissants, à fixer les rues alentour. Jamais ils n'auraient pu imaginer une seule seconde que leur capitaine puisse prendre la fuite.

Reprenant peu à peu ses esprits, Dupuis décroche son téléphone et demande un renfort immédiat : suspect en fuite.

*

Mathias a déjà rejoint les quais le long de la Garonne. Il conduit en mode automate, le cerveau totalement déconnecté de ses gestes.

Mais quelle idée a-t-il eu de s'enfuir ?

Il n'a pas réfléchi une seule seconde. Lorsqu'il a aperçu Dupuis et Labrosse, il a perdu toute sa lucidité. S'il avait voulu conforter les soupçons de son équipe, il n'aurait pas pu agir autrement.

Il sait pourtant que les chances de s'en sortir sont infimes, que cette course-poursuite est absurde, mais il choisit d'appuyer de nouveau sur l'accélérateur.

Heureusement pour lui, la circulation est exceptionnellement fluide en cette fin d'après-midi. Il zigzague entre les voitures, dépassant souvent la vitesse autorisée.

Il revoit le cercueil d'Aurélie recouvert de fleurs, Carole prête à s'écrouler dans ses bras, son père stoïque.

Ses yeux se remplissent de larmes. Sa vision se trouble. Il tente d'un revers de la main de les faire disparaître, en vain.

Il ne sait plus quoi faire. Abandonner sa voiture à la gare Saint-Jean et sauter dans le premier train ? Poursuivre jusqu'à Bayonne où il a quelques amis et se rendre en Espagne ? Non, tout cela est ridicule.

Soudain, sur le quai Sainte-Croix, il remarque un motard dans son rétroviseur. Ce dernier déboîte, le dépasse à grande vitesse et se rabat un peu trop vite. Un peu trop près. Mathias, pour l'éviter, fait alors un écart et percute le véhicule arrivant sur sa droite. Il tente de freiner d'un coup sec, mais la voiture ne répond plus. Il fait un tête-à-queue suivi d'un tonneau et en l'espace de quelques secondes, se retrouve, la tête à l'envers, sur la voie gazonnée réservée au tramway.

Une fois sa voiture immobilisée sur le toit, il tente de se dégager, mais son corps ne répond plus.

Il ne sent plus ses jambes.

Son dos le fait atrocement souffrir.

Bien évidemment, dans sa précipitation, il a oublié d'attacher sa ceinture. Des éclats de verre provenant du pare-brise et des vitres jonchent l'habitacle. Ses mains saignent. Son crâne aussi, très certainement.

Dans un moment de lucidité, il entend le son de la cloche du tramway l'alertant du danger immédiat.

Il sent sa mort imminente.

Fort heureusement, le conducteur, en approche d'une station, roule au ralenti, et freine juste avant de percuter la voiture de Mathias.

Sa fuite n'aura duré que quelques minutes et la police sera bientôt sur place.

Et juste avant de perdre connaissance, il songe que son avenir va s'obscurcir dangereusement et qu'il ne peut en vouloir qu'à une seule personne : lui-même.

## 15

*19 mars 2022*

Delphine observe les deux hommes qui lui font face.

Le premier est celui qu'elle a épousé alors qu'elle venait d'avoir 25 ans. Un mariage d'amour autant que de raison. Deux familles réunies comme c'est communément le cas dans leur milieu. Le vignoble et tout ce qu'ils ont bâti ensemble sont le fruit d'années de travail et de sacrifices. Leurs parents respectifs étaient voisins. Michel et elle ont grandi ensemble et c'est naturellement qu'ils se sont fréquentés avant de se marier. Elle est venue vivre au château Clavery avec sa belle-famille. Et lorsque, quelques mois plus tard, Augustin est né, elle a su qu'elle avait la vie dont elle avait toujours rêvé. Tout était facile alors. Mathias avait vu le jour deux ans après son frère. Les années de bonheur simple s'étaient enchaînées jusqu'à l'accident. Puis tout avait changé. Michel, surtout. Lui qui était un père attentionné était devenu dur avec Augustin, le tenant pour responsable du coma de son frère. En regardant son époux, elle devine dans ses traits creusés, l'anxiété qui le ronge à l'idée que Mathias, son préféré, soit accusé d'un crime dont il est innocent.

Le second est son fils aîné, Augustin. Si elle écoutait son cœur, elle le serrerait dans ses bras et le couvrirait des baisers qu'elle n'a pu lui donner depuis toutes ces années. Dix ans d'absence, de manque, de larmes cachées. Dix ans à se ronger les sangs, à n'avoir que des nouvelles sporadiques, lorsqu'il l'appelait. Mais il est revenu. Pour Mathias et pour elle. Elle s'aperçoit qu'elle avait gardé en mémoire l'image du jeune homme de 25 ans d'alors, qui était parti brutalement, sur un coup de tête. Celui qui lui fait face aujourd'hui est totalement différent. Elle ignore presque tout de sa vie. Elle aurait tant de questions à lui poser pourtant, mais elle est consciente que ce n'est pas le moment. Ce qui lui importe là, maintenant, c'est qu'ils se parlent enfin.

Même si Michel n'en dit rien, elle lit dans ses yeux la joie de revoir son fils aîné. C'est une sensation étrange de ressentir à la fois tant de bonheur de revoir Augustin et une telle déchirure de savoir Mathias dans cette situation.

Ils sont tous les trois dans l'entrée. C'est à elle de rompre le silence.

« Merci d'être venu. »

Michel la regarde, interloqué.

« C'est toi qui l'as appelé ?

– À ton avis ?

– Tu savais où il était durant toutes ces années ?

– Tu l'aurais su également si seulement tu me l'avais demandé. »

Augustin les interrompt :

« Moi aussi je suis content de te voir, papa. Maintenant que nos touchantes retrouvailles sont passées, il est peut-être temps de s'occuper de sortir Mathias de là, vous ne pensez pas ?

– Tu as raison, allons dans le salon. »

Augustin et sa mère s'assoient côte à côte, face à Michel, qui prend la parole :

« Que sais-tu de la situation ?

– Ce que maman m'en a dit : qu'Aurélie a été tuée et que Mathias est à l'hôpital. J'ai regardé ce qu'on disait de l'affaire sur le Net, mais je préférerais que vous me racontiez exactement ce qu'il en est.

– Elle a été tuée lors du vernissage de sa dernière exposition. Nous étions tous présents. Ça a été un choc. Mathias est dévasté, comme tu l'imagines. Il fait partie de la liste des suspects. Il est gendarme, il savait que ça se passerait comme ça. Nous avons tous été interrogés. Même ta mère, tu imagines ? Lorsque l'autopsie a été terminée et que nous avons eu l'accord, Mathias a pu récupérer le corps d'Aurélie et les obsèques ont pu enfin avoir lieu. Avant-hier.

– Et les parents d'Aurélie ?

– Son père est mort. Je suis surpris que ta mère ne te l'ait pas dit. Passons. Sa mère était là, bien entendu. Toujours est-il qu'à la fin de la cérémonie, en remarquant les gendarmes à la sortie de l'église, Mathias a paniqué. Il a fait demi-tour, est passé par la sacristie et s'est enfui avec sa voiture. J'imagine qu'il roulait trop vite ou qu'il a eu peur… je ne sais pas au juste ce qui s'est passé. »

Sa voix se brise. Delphine poursuit :

« Il a eu un accident. Sa voiture a fait plusieurs tonneaux. Il est resté au bloc opératoire pendant plusieurs heures, mais le chirurgien nous a dit qu'il était sorti d'affaire.

– Comment va-t-il ?

– Comme tu peux l'imaginer, il est… »

Michel l'interrompt :

« Les gendarmes vont arriver d'un instant à l'autre. Ils veulent encore nous poser d'autres questions. C'est au moins la troisième fois. Ils feraient mieux de chercher le vrai coupable !

– Tu seras avec nous, Augustin ? lui demande Delphine.

– Maman, je suis revenu pour sortir Mathias de cette mauvaise passe. Je ne partirai pas avant que ça soit fait.

– Ta chambre t'attend, tu peux rester tant que tu veux.

– Excuse-moi, maman, mais j'ai réservé une chambre d'hôte à Pessac. J'y ai déjà déposé mes affaires. »

Michel s'apprête à lui répondre lorsque la sonnerie retentit. Les trois membres de la famille Clavery se redressent simultanément en fixant la porte principale. Après quelques secondes de confusion, Delphine se lève, fébrile et fait entrer les deux gendarmes.

« Lieutenant Dupuis, major Cipriani. »

Le silence qui les accueille est éloquent.

« Nous vous connaissons, pourquoi tant de cérémonial ? finit par demander Michel d'un ton sec. Dois-je supposer que Mathias est passé du statut de suspect à celui de coupable ? »

Dupuis ne répond pas. L'arrestation de Mathias a fait du bruit dans la région. Il présume avec raison que Michel Clavery ne lui facilitera pas la tâche.

Delphine leur indique un canapé d'un geste de la main.

« Je vous en prie. Vous souhaitez un café, un thé ? »

Dupuis décline poliment la proposition. En fixant le visage d'Augustin, il semble surpris. La ressemblance avec son frère est frappante. Il n'a jamais rencontré le jeune homme, bien qu'habitant entre Cadaujac et Cestas depuis toujours, mais connaît l'histoire de la famille : l'accident, puis le départ du fils aîné, s'apparentant d'ailleurs déjà à l'époque davantage à un bannissement qu'à une fuite volontaire.

Face au regard interrogateur du lieutenant, Delphine précise :

« C'est Augustin, notre fils aîné.

– Bien sûr. Vous êtes revenu à Cadaujac depuis longtemps ?

– Non je viens tout juste de rentrer. Je vis à l'étranger, mais étant donné la gravité de la situation, il est évident que ma place est ici auprès de mes parents et de Mathias. »

Fanny lui adresse un sourire timide. Elle avait connaissance de l'existence de ce frère, mais le sujet semblait tabou chez les Clavery. Des histoires de famille, dont personne n'aime parler. Au sein du groupe de gendarmerie, Fanny sent bien que, depuis sa tentative de fuite, Mathias est passé du rang de témoin à celui de suspect numéro un pour la plupart de ses collègues, alors elle voit immédiatement en Augustin un allié de poids pour sortir son capitaine du bourbier dans lequel il s'est empêtré.

Dupuis entame la conversation dans une ambiance lourde et pesante :

« Monsieur Clavery, nous avons quelques questions à vous poser.

– Je vous écoute, mais je ne vois pas vraiment ce que je vais pouvoir rajouter à ce que ma femme vous a déjà dit.

– Nous avons des éléments nouveaux dont nous aimerions bien vous parler. Vous pouvez me confirmer l'heure à laquelle vous êtes arrivés à la soirée ? »

Clavery pousse un soupir d'agacement. Il a le regard perçant et le visage austère. Pour Dupuis, le témoin est clairement hostile. Il va falloir rester prudent.

« Je vous écoute, monsieur Clavery.

– Vers 18 h 30, je pense. Je devais discuter avec mon maître de chai au sujet d'un de mes employés qui posait problème. Cela a pris un peu plus de temps que prévu.

– Et à votre arrivée, vous n'avez rien remarqué d'anormal ?

– Non. Nous sommes allés dire bonjour à Mathias, puis nous avons bu un verre avec des amis. Nous n'avons pas vu Aurélie tout de suite. Elle était occupée avec des acheteurs potentiels.

– Aurélie ne vous semblait pas nerveuse ou inquiète ?

– Absolument pas. Aurélie était dans son élément. Elle adorait organiser ce genre de soirée et je dois avouer qu'elle était très douée pour cela.

– Et que s'est-il passé avec votre ami Gaspard Récamier ? »

Clavery pousse un nouveau soupir d'exaspération en secouant la tête.

« Rien du tout. Il voulait régler un petit litige qu'il avait eu avec Aurélie et comme elle refusait de le prendre au téléphone, il a décidé de venir la voir directement au vernissage.

– Tous les témoins parlent d'une violente dispute. Vous y étiez.

– C'est ridicule… Il n'y a rien eu de violent. Gaspard est un homme très sanguin. Il était en colère. Le ton est monté, alors je suis intervenu pour éviter le scandale. Et tout est rentré dans l'ordre. Le problème était réglé.

– Quelle était la nature de ce litige ?

– Je n'en sais rien, moi. Une histoire liée à l'un de ses achats, je crois. Je lui ai juste dit que ce n'était pas le moment et qu'Aurélie le recevrait pour en discuter dès le lendemain. Gaspard s'est calmé et il est parti.

– Vous me confirmez donc bien qu'Aurélie était encore vivante lorsque les Récamier sont partis ? »

Michel Clavery hausse les sourcils d'étonnement.

« Mais évidemment.

– Lorsque nous avons examiné les caméras de surveillance, au moment où certains s'inquiètent de la disparition de votre belle-fille, on ne vous voit nulle part. Vous étiez où ?

– J'étais dans le jardin. Je fumais une cigarette.

– Seul ?

– Oui. Je ne pensais pas avoir à fournir un alibi », répond-il avec une pointe d'ironie.

Son épouse lui adresse un regard désapprobateur.

« Vous avez parlé d'éléments nouveaux. Sont-ils de nature à prouver l'innocence de notre fils ?

– Nous explorons toutes les pistes, mais vous comprendrez que nous ne pouvons pas vous en dire plus. Dernière chose, après une visite à la galerie Dubuisson, nous avons découvert qu'Aurélie pratiquait, disons, un petit commerce parallèle. M. de Bearn nous l'a d'ailleurs confirmé : votre belle-fille vendait des tableaux peints par des communautés en les faisant passer pour des artistes reconnus. Nous sommes tombés sur une liste d'acheteurs dont faisait partie votre ami Récamier. Le litige qui l'opposait à Aurélie était en fait une belle arnaque. Il s'en est rendu compte et il a voulu obtenir réparation. Vous étiez au courant de ce petit trafic ? »

Clavery semble soudain plongé dans ses pensées. Augustin fixe sa mère, les yeux hagards, cherchant une explication. Une lueur d'espoir traverse le regard de Delphine. Si certaines personnes en voulaient à Aurélie, le coupable doit très certainement se trouver parmi elles. Elle songe à tout cela sans s'apercevoir qu'un silence oppressant s'abat à cet instant dans la pièce.

« Monsieur Clavery, je vous ai posé une question : étiez-vous au courant du trafic de votre belle-fille ? »

## 16

*8 mars 2022, le soir du meurtre*

Ce soir-là, Delphine Clavery est prête à 17 h 30 comme prévu. Toujours élégante et distinguée, vêtue d'une robe en soie rose pâle, elle a décidé de nouer ses cheveux en un chignon qui laisse découvrir sa nuque fine. Elle apprécie tout comme sa belle-fille ce genre de mondanité. Elle a été élevée pour ça : valoriser son mari et son travail. Savoir mettre les gens à l'aise. Avoir de la conversation. Sourire. Toujours sourire. La galerie Dubuisson est devenue en l'espace de quelques années le lieu incontournable pour les amateurs d'art aborigène et Delphine en ressent énormément de fierté. La plupart de ses amis seront présents ainsi que son fils Mathias qu'elle ne voit plus beaucoup en raison de son travail.

17 h 45. L'heure tourne et elle n'a aucune nouvelle de son mari. Elle commence à s'impatienter, lisse sa robe et inspecte sa manucure toujours impeccable. Elle tente de contacter son époux, en vain.

Elle ressent soudain l'envie d'envoyer un message à Augustin. Leurs échanges sont rares, mais elle n'a jamais souhaité couper le lien qui les unit. Une mère ne peut jamais abandonner son enfant, quels que soient les événements. Elle aurait tellement aimé qu'il soit présent. Retrouver ses deux fils, les voir rassemblés sous le même toit serait son plus beau cadeau.

Vers 18 heures, Michel entre enfin dans le salon, visiblement très agacé.

« Je viens de passer une demi-heure avec Henri. Pascal a encore fait une connerie. Je sens que je ne vais pas tarder à le virer celui-là.

– Tu n'es pas prêt ?

– Eh bien non comme tu vois, aller dans un centre culturel pour se pavaner devant des tableaux qui n'ont ni queue ni tête n'est pas vraiment ma priorité, mais comme on doit faire acte de présence, on va y aller. Laisse-moi dix minutes. »

Vers 18 h 30, les Clavery arrivent enfin à la galerie. La plupart des invités sont déjà présents. Delphine aperçoit Mathias et se dirige vers lui en arborant un magnifique sourire, mais en voulant se frayer un passage parmi la foule, le maire de Cestas et son épouse se dressent face à elle, les bras grands ouverts.

Delphine aurait tellement voulu embrasser son fils, mais elle sait que dans ce genre de soirées mondaines, son devoir est de représenter la famille et de partager équitablement son temps entre tous les invités. Michel, quant à lui, discute avec un groupe d'hommes à coup de chaleureuses accolades et d'éclats de rire un peu forcés.

Le temps s'écoule et Michel, sur la réserve depuis son arrivée, s'écarte de ses amis pour aller inspecter les tableaux accrochés au mur. Il les scrute un par un avec insistance, se rapproche et s'éloigne plusieurs fois. Une moue dubitative apparaît sur son visage. Incapable de trouver les réponses à ses questions, il est sur le point de rejoindre ses amis lorsque des cris retentissent à l'entrée.

Reconnaissant immédiatement la voix de Gaspard Récamier, il part à sa rencontre. Il n'apprécie pas vraiment ce genre de soirée, mais déteste par-dessus tout le scandale. La presse est présente dans la salle et il est donc inenvisageable de retrouver son nom demain à la une du journal local.

Une fois parvenu à calmer son ami, il pousse un soupir de soulagement. Mais maintenant, il doit s'attaquer à Aurélie. C'est une Clavery et ces petites combines doivent cesser une bonne fois pour toutes. Elle va devoir entendre raison d'une façon ou d'une autre. Il l'entraîne par le bras dans l'arrière-cuisine à l'abri des regards. Aurélie le fixe avec colère :

« Que me voulez-vous ? Je dois m'occuper de mes invités. J'ai déjà dû gérer votre ami Récamier et honnêtement, j'aurais préféré m'en passer. Heureusement qu'il s'est calmé, car franchement ce n'était pas le moment de faire un esclandre.

– Je suis bien d'accord avec toi, ce n'était ni le lieu ni le moment de faire un scandale, mais de toi à moi, Gaspard a quelques raisons de t'en vouloir, non ? »

Aurélie fronce les sourcils.

« Je ne vois pas de quoi vous parlez.

– Arrête de te foutre de ma gueule, Aurélie. Il va falloir que tu mettes fin à ton petit trafic. Je ne sais pas à quel moment tu as commencé à frauder. C'était certainement anodin, mais aujourd'hui tu es passée à la vitesse supérieure. Tu es une arnaqueuse. Et tu t'attaques en plus à mes amis. C'est intolérable. Je n'accepterai pas que le nom de la famille soit souillé par un scandale. »

Le ton est menaçant, mais Aurélie fixe son beau-père effrontément en esquissant un sourire :

« À partir de quand j'ai commencé à frauder, c'est bien votre question ? »

Aurélie le toise désormais d'un œil empli de mépris.

« Mais c'est très simple. À partir du jour où vous avez tué mon père. Quand vous avez décidé de lui tourner le dos, lui, votre ami de trente ans, alors qu'avec tout votre fric, vous auriez pu facilement lui tendre la main. Vous vivez bien avec cette idée ? Cela ne vous empêche pas de dormir ? Alors oui, ma mère se retrouvant sans rien du jour au lendemain, j'ai trouvé cette idée qui ne fait de mal à personne. Si l'on vous pose des questions, vous pourrez dire à vos relations bourrées de fric qu'elles aident les communautés aborigènes dont tout le monde se fout ! »

À cet instant, Michel sent que sa belle-fille devient incontrôlable. Elle n'a plus aucune crainte, il ne lui inspire plus aucun respect. Son visage n'est plus qu'un masque de haine.

« Tu ne vas pas t'en tirer comme ça. Jusque-là, Mathias n'était au courant de rien, mais si tu continues ce trafic minable, je lui dirai tout. Il y aura une enquête et tu risques de tout perdre. Je ne rigole pas, Aurélie. Je te conseille fortement de m'écouter. »

La jeune femme éclate de rire.

« Mais votre fils ne fera rien, voyons. C'est un amoureux transi doublé d'un faible. Entre vous et moi, son choix sera vite fait. Pensez à votre femme, elle ne supportera jamais de perdre son second fils par votre faute.

– Ne prends pas ce ton avec moi. Je te préviens, c'est la dernière fois que tu me fais ça. »

Ignorant tout de ce qui se passe entre son mari et sa belle-fille, Delphine poursuit sa conversation avec ses amis. Mais son esprit est ailleurs cependant : elle ne comprend pas la réaction de Gaspard Récamier. C'est un ami de longue date et il n'aurait jamais pu se donner en spectacle ainsi si l'offense n'avait pas été grave. Un simple oubli de carte d'invitation ne l'aurait pas mis dans un tel état.

Au bout de quelques minutes à sourire et à répondre machinalement, elle ressent comme une sensation étrange. Elle se retourne brusquement en direction de la fenêtre restée entrouverte. Un frisson lui parcourt tout le corps, comme un courant d'air glacé. Elle réajuste son étole sur ses épaules et ferme la baie vitrée. Le maire est parti, l'abandonnant avec sa femme bien décidée à lui raconter en détail les derniers progrès de son petit-fils âgé de 2 mois.

Suite à sa vive altercation avec Aurélie, Michel a besoin d'un verre. Il siffle une coupe de champagne, puis une seconde. Le regard dans le vide, il repense à ses derniers mots prononcés : *Ne prends pas ce ton avec moi. Je te préviens, c'est la dernière fois que tu me fais ça...*

*

*19 mars 2022*

Michel Clavery reprend soudain ses esprits en découvrant le regard insistant des deux gendarmes.

« Je vous répète une dernière fois ma question, monsieur Clavery : étiez-vous au courant du trafic de votre belle-fille ? »

L'homme baisse la tête et prend une profonde inspiration.

« Jamais de la vie. Cette histoire est invraisemblable. »

Sans ciller, Dupuis le fixe quelques secondes, le regard sévère, dans un silence glaçant. Lorsqu'il prend la parole, il s'applique à détacher chaque syllabe sans hausser le ton afin que tout le monde ait conscience de la gravité de l'instant.

« Vous viendrez à la gendarmerie confirmer cela de façon officielle. Prenez soin de réfléchir à ce que vous nous direz. Sachez qu'un témoin vous a entendus ce soir-là. Alors, faites jouer votre mémoire, remémorez-vous chaque minute de cette soirée. Vous devrez nous en rendre compte. C'est au poste que nous nous verrons dorénavant. »

Dupuis se lève, suivi de Fanny. Delphine les imite, mais le gendarme l'arrête.

« Ne vous donnez pas la peine de nous raccompagner. Nous connaissons le chemin. Quant à vous, conclut-il en s'adressant à Augustin, nous viendrons vous voir très prochainement pour vous poser quelques questions. »

Ils partent, sous les regards interloqués d'Augustin et de sa mère. Michel, quant à lui, serre les poings. Une veine saillante tressaille sur sa tempe, signe, s'il en fallait, de sa fureur. Comment ont-ils osé lui parler ainsi et le « convoquer » (il n'y a pas d'autre mot) à la gendarmerie ?

Il se tourne vers sa femme et son fils, qui l'observent, attentifs aux révélations qu'il s'apprête à leur faire.

« Ils ont raison… Je ne vous ai pas tout dit. »

## 17

*19 mars 2022, un peu plus tard dans l'après-midi*

Augustin lance sa veste sur une chaise, ôte ses chaussures, ferme les rideaux et s'étend, tout habillé, sur son lit. Il aime l'obscurité. Depuis l'enfance, elle l'apaise. Lorsque Mathias, petit, était à l'hôpital, que sa mère passait tout son temps à son chevet et que son père ne lui adressait plus la parole, être dans le noir le calmait. Cette sensation d'être invisible lui donnait l'impression que rien de grave ne pourrait lui arriver. Il s'allongeait et réfléchissait à tous les sujets divers et variés qui lui venaient à l'esprit.

Aujourd'hui encore, c'est à la nuit qu'il confie ses pensées les plus secrètes. À elle et à personne d'autre. Il a appris à ses dépens que dans les moments difficiles, il ne fallait faire confiance à personne.

Il pense à sa famille. En la revoyant, il s'est aperçu à quel point sa mère lui avait manqué durant toutes ces années. Il aurait tant de questions à lui poser ! Il le fera quand toute cette histoire sera derrière eux. Son père n'a pas changé. Toujours fier, borné et incapable d'éprouver la moindre empathie. Augustin se demande si c'est la situation de Mathias qui le mine ou le scandale qui en découle. Un peu des deux, très certainement.

Et il y a Mathias. Il n'en a pas dit un mot à ses parents, mais il est allé le voir à l'hôpital avant de se rendre au château. Il voulait se faire une première impression sans être distrait par ce qu'ils auraient pu lui raconter. Cacher ce fait, somme toute mineur, a permis à ses parents de lui raconter ce qu'ils avaient vu ou entendu sans omettre le moindre détail.

La venue des gendarmes ce matin a confirmé ce qu'Augustin supposait : depuis sa tentative de fuite, Mathias n'est plus considéré comme une victime, mais bien comme un suspect. Leur principal suspect. Leur père pourrait l'être tout autant, étant sorti fumer. Il songe au regard que ses parents ont échangé, au moment de l'évocation de cette pause cigarette. Même s'il suppose que ce dernier point a été vérifié, il en parlera avec sa mère, lorsqu'ils seront seuls. Les gendarmes ont été menaçants. Le lieutenant, surtout. La femme semblait plus prudente.

Après leur départ, Augustin en a eu la confirmation : Fanny Cipriani est non seulement la collègue de Mathias, mais aussi une amie proche. Jusqu'à quel point, il l'ignore, mais il ne tardera pas à en apprendre davantage. En effet, Cestas est une petite ville, et trouver l'adresse du major ne fut pas très difficile. Aussi, un peu après la visite à ses parents, il s'était donc arrêté devant son immeuble afin de glisser un mot dans sa boîte aux lettres. Elle l'avait rappelé avant qu'il n'arrive à sa chambre d'hôte, le conviant à dîner le soir même. Il avait, bien entendu, accepté.

Il en a l'intime conviction ; s'il veut avoir une chance de se tenir informé de l'avancée de l'enquête, il lui faut avoir une alliée. Et qui mieux qu'une major de gendarmerie pour l'aider ? Bien sûr, il a conscience qu'elle ne pourra rien lui dévoiler de confidentiel, mais c'est son unique espoir.

Il consulte sa montre. Un peu de repos ne lui fera pas de mal avant d'aller à son rendez-vous, mais à peine a-t-il fermé les yeux que la propriétaire des lieux toque à sa porte, l'air contrarié.

« Les gendarmes sont en bas et ils veulent vous parler.

– Ne vous inquiétez pas. Je suis au courant. Je descends tout de suite.

– Cela concerne votre belle-sœur, je suppose ?

– Oui, ils veulent juste me poser quelques questions de routine. »

Rassurée, elle lui adresse un sourire de circonstance.

« Vous prendrez votre petit déjeuner à quelle heure demain matin ?

– Vers 8 h 30, cela vous va ?

– C'est parfait. Si cela ne vous dérange pas, j'ai mon cousin et sa femme qui arrivent dans l'après-midi et qui voudraient partir en Argentine pour les vacances. Vous pourriez leur donner quelques conseils ? »

Augustin pousse un léger soupir.

« Je ne vais pas avoir beaucoup de temps demain, je le crains.

– Juste quelques mots. Ils seront contents de discuter avec vous, ils sont très gentils. »

Devant son insistance, Augustin capitule. Il ressortira le couplet traditionnel sur Buenos Aires, la Patagonie, Eva Perón, le tango, le foot et la fameuse côte de bœuf marinée. Il espère pouvoir liquider la discussion en moins d'une demi-heure, car il n'a pas vraiment la tête à parler vacances en ce moment.

Augustin remet ses chaussures et enfile une veste. En descendant les marches, il aperçoit les deux gendarmes qui étaient présents chez ses parents quelques heures plus tôt. Le major Cipriani le regarde avec insistance et il comprend qu'elle n'a pas évoqué leur prochaine rencontre. Avec raison. Il n'a pas l'intention de compromettre ses chances d'être tenu au courant de l'avancée de l'enquête.

« Nous passions par ici, alors nous nous sommes dit que nous allions régler ces formalités au plus vite. Nous ne vous dérangeons pas ?

– Pas le moins du monde, lieutenant. Vous avez bien fait. Voulez-vous vous asseoir ? Nous pouvons aller dans le salon si vous préférez. Ma logeuse n'y verra pas d'inconvénients.

– Non, cela ne sera pas la peine. Nous n'en avons que pour quelques minutes. Quand êtes-vous rentré en France ?

– Il y a trois mois. J'ai vendu ma société en Argentine et je suis rentré.

– Le mal du pays ?

– Exactement.

– Pourtant, chez vos parents, vous nous avez dit que vous veniez d'arriver.

– Je dois l'avouer : j'ai menti. Je venais à peine de retrouver mes parents, et ils ignoraient que cela faisait plusieurs mois que j'étais en France. Je n'avais pas envie qu'ils apprennent en votre présence que je n'avais pas jugé utile de venir les voir durant tout ce temps. »

Fanny fronce les sourcils. Elle laisse cependant son collègue poursuivre sans l'interrompre.

« Et vous habitez où ?

– À Paris. Dans un appartement prêté par un ami. Le temps de me poser et de savoir ce que je vais pouvoir faire de ma vie.

– Et vous êtes arrivé à quel moment à Cadaujac ?

– Ma mère m'a laissé un message pour m'informer que Mathias avait eu un accident. J'ai sauté dans ma voiture immédiatement.

– Et pourquoi ne pas avoir assisté à l'enterrement de votre belle-sœur ?

– J'ai su qu'Aurélie a été assassinée, évidemment. Ma mère me l'a dit, mais, étant donné la façon dont je suis parti il y a dix ans, j'ai pensé que je n'avais pas ma place aux obsèques. Je voulais éviter de mettre quiconque mal à l'aise. »

Fanny décide tout de même de poser la question qui la taraude :

« Si je comprends bien, cela fait trois mois que vous êtes en France et vous n'avez cherché à revoir personne ? Pas même vos parents ? »

Augustin réfléchit durant quelques secondes. Comment faire comprendre à ces étrangers la complexité des rapports intrafamiliaux des Clavery ? Cette crainte d'être une nouvelle fois repoussé lui faisant sans cesse retarder le moment des retrouvailles ? Ils ne comprendraient pas. Qui le pourrait d'ailleurs ? Il sourit tristement :

« Si vous me posez la question, major, c'est que vous ne devez pas être de la région. Peu de personnes ignorent ici les circonstances de mon départ. Lorsque vous les connaîtrez, vous n'aurez aucune peine à comprendre que je ne me sois pas précipité au château dès mon retour. »

Dupuis s'éclaircit la voix, gêné :

« Parfait. Je vous remercie. Vous pouvez prouver que vous étiez sur Paris au moment du meurtre de votre belle-sœur ?

– Mon ami chez qui je loge pourra vous le confirmer. J'ai reçu un message de ma mère pendant que j'étais au cinéma vers 23 heures, je crois.

– Afin de tout mettre noir sur blanc, pourriez-vous passer à la gendarmerie pour signer votre déposition ?

– Pas de souci. Je viendrai demain matin si cela vous convient. »

Tandis qu'Augustin consulte sans vraiment d'intérêt la montagne de guides touristiques sur l'Argentine que sa logeuse a eu la bonne idée de placer sur la console de l'entrée, il entend une nouvelle fois toquer à la porte. Il soupire d'agacement en regardant sa montre. En ouvrant, il se retrouve nez à nez avec son père. Surpris par sa visite, et immédiatement sur la défensive, il recule d'un pas.

« Ils n'ont pas traîné…

– De qui parles-tu ?

– Eh bien des flics. Qu'est-ce qu'ils te voulaient ?

– Ils souhaitaient me poser quelques questions, c'est tout. Ils font juste leur boulot. Et toi, que fais-tu là ?

– J'ai été très étonné de te revoir à la maison. Je ne savais pas que ta mère avait gardé contact avec toi.

– Je trouve cela plutôt normal pour une mère de ne pas abandonner son fils. »

Michel Clavery esquisse un geste d'agacement.

« Je ne suis pas ici pour ça. Je voulais juste m'assurer que tu ne sois pas de retour pour de mauvaises raisons.

– Je ne comprends pas.

– Que tu sois bien revenu pour aider ton frère et pas pour l'enfoncer encore plus. La réputation de la famille est mise à mal en ce moment. Nous n'avons pas besoin d'un autre scandale. »

Augustin secoue la tête en se pinçant les lèvres. Il est désabusé par ce que son père est capable de penser de lui, après tant d'années de séparation. Il lui en a toujours beaucoup voulu de l'avoir rayé de sa vie en un claquement de doigts. Il a même été jusqu'à le haïr.

Mais, aujourd'hui, il ne sait plus. Cette visite est peut-être un signe que son père tente de lui adresser. Maladroitement, certes, mais il a tellement besoin d'y croire.

« Comment peux-tu imaginer un truc pareil ? Je suis revenu pour aider Mathias. Dès que maman m'a dit qu'il avait tenté de fuir et qu'il avait eu un accident, je ne me suis pas posé de questions. J'ai senti qu'il allait avoir besoin de moi. Il s'est fourré dans un sacré merdier et nous allons l'en faire sortir. Ensemble. »

Michel acquiesce en esquissant un sourire.

« Tu as un plan ? »

Augustin hésite. Il ne sait pas s'il doit se confier à son père, mais il aimerait apaiser leurs relations. C'est peut-être l'occasion.

« Lorsque le major Cipriani est venue chez toi, j'ai tout de suite vu qu'elle ne croyait pas en la culpabilité de Mathias. Elle paraissait beaucoup moins hostile que ce lieutenant Dupuis. Maman m'a confirmé qu'ils étaient amis et qu'elle était d'ailleurs, sa seule collègue présente à la soirée. Alors j'ai cherché ses coordonnées et je lui ai proposé de la rencontrer pour dîner. Elle a tout de suite accepté. Je suis certain que ce sera très instructif. Nous devons nous en faire une alliée.

– Je pense que tu as raison, car je ne sens pas du tout ce Dupuis. Il n'a jamais aimé ton frère et je crains qu'il ne profite de la situation pour se débarrasser de lui.

– J'ai eu la même impression que toi, mais même s'il ne l'aime pas, il reste un gendarme. Il fait son boulot. Il faut juste un peu l'aider à abandonner la piste de Mathias et lui en fournir de nouvelles.

– Je suis d'accord avec toi. »

Ces quelques mots rassurent Augustin. Il a eu raison de jouer la carte de la franchise. Certes, on est encore loin des grandes effusions, ce n'est pas le style de la maison, mais cette phrase est la plus douce que son père lui ait dite depuis longtemps.

Michel hésite. Sa fierté l'empêche d'exprimer sa joie de revoir Augustin. Il aimerait le serrer dans ses bras, lui dire qu'il regrette de s'être emporté ce jour-là et d'avoir ainsi précipité son départ. Il taira tout cela. Il trouve une parade :

« Je te remercie d'être revenu. Ta mère est tellement heureuse.

– Quand j'habitais en Argentine et que je vivais avec la famille de mon amie, j'ai réalisé à quel point la mienne me manquait. Mais je ne savais pas comment renouer le lien. On pourra dire que ce drame nous aura donné l'occasion de nous retrouver. C'est déjà ça.

– C'est déjà ça… effectivement. »

Michel s'approche de son fils en lui effleurant l'épaule. Augustin sent à cet instant que son père est disposé à faire table rase du passé. Enfin.

## 18

*19 mars 2022*

Vers 20 heures, Augustin gare sa voiture de location sur le parking qui jouxte une petite résidence, en plein centre de Cestas. À peine est-il arrivé devant une porte située au premier étage, que plusieurs aboiements se font entendre.

*Génial, des chiens. Il ne manquait plus que ça !*

Il n'a jamais été très à l'aise avec les animaux de compagnie, les chiens, en particulier.

Il sonne. Les aboiements s'intensifient et déjà, Augustin imagine des molosses de belle taille. Lorsque la porte s'ouvre, il n'y a personne, mais il reconnaît la voix du major Cipriani :

« Entrez pendant que je tiens les monstres. J'espère que vous aimez les chiens !

– S'ils ne me mordent pas, ça va.

– Attention, je lâche les fauves ! »

À peine Augustin entend-il ces derniers mots que deux bouledogues français déboulent à toute vitesse. Il se fige. Les chiens le reniflent pendant quelques secondes puis, sans arrêter de secouer leurs queues minuscules, semblent conclure qu'il ne représente pas de danger pour leur maîtresse et font demi-tour. Augustin pousse un soupir de soulagement :

« Eh bien ! Quel comité d'accueil !

– Parce qu'ils vous ont trouvé digne de confiance uniquement. Dans le cas contraire, je vous assure qu'ils n'auraient pas été aussi sympathiques.

– Je n'en doute pas. Merci de m'accueillir chez vous, major Cipriani.

– Je ne suis pas en service. "Fanny" suffira amplement et puis, vous êtes le frère de Mathias, alors, les "major", "monsieur" et le vouvoiement, on laisse ça de côté pour ce soir.

– Ça me convient. »

Elle le précède dans un minuscule salon-salle à manger meublé avec simplicité et goût, et l'invite à s'asseoir dans l'unique fauteuil de la pièce tandis qu'elle prend place sur un petit canapé. Dès qu'elle est installée, les deux chiens montent à ses côtés et posent chacun leur tête sur l'une de ses cuisses. Augustin sourit :

« Tes gardes du corps ne te laissent pas sans surveillance.

– Ils sont la meilleure alarme qui soit. Avec Roméo et Elvis, je peux dormir sur mes deux oreilles. Mes parents m'ont souvent répété que les bêtes étaient plus fiables que les gens et plus le temps passe, plus je me dis qu'ils ont raison.

– Des gens sages.

– Non. Ils ont vécu, tout simplement. Je te sers quelque chose à boire ?

– Volontiers. Donne-moi la même chose que toi.

– Je ne supporte pas bien l'alcool, mais je vais faire une exception. Un verre de vin ? » dit-elle en se dirigeant vers la cuisine, toujours suivie par ses chiens.

Pendant qu'elle s'affaire, Augustin se lève et fait le tour de la pièce. Les murs sont recouverts de souvenirs de famille, une multitude de photos raconte la vie de Fanny de son plus jeune âge à aujourd'hui : anniversaires, mariages, vacances au bord de mer, etc.

« Tu as fini ton inspection ? »

Augustin se retourne. Fanny lui fait face, un plateau entre les mains. Elle a dénoué ses cheveux foncés, qui tombent maintenant jusqu'aux épaules.

« Pas tout à fait, mais ça suffira pour aujourd'hui. »

Il reprend sa place tandis qu'elle lui verse un verre de vin.

« Je suis désolée de te le dire, mais ce n'est pas du Château Clavery. Je ne bois que du vin corse.

– Misère ! Où suis-je tombé ?

– Chez une Cipriani, pardi ! Et chez moi, le seul vin qui te sera servi est de Porto-Vecchio, dit-elle en riant.

– Et qu'en pensait mon frère ? »

Fanny reprend son sérieux, son regard devient grave. Un sourire triste orne son visage.

« Mathias avait fini par l'apprécier. Il disait qu'il avait autant de caractère que moi. À dire vrai, je ne sais pas si c'était vraiment un compliment.

– Comment s'est-il fichu dans ce merdier ?

– Je l'ignore. Il est de la maison, il connaît la procédure. Il savait forcément qu'il serait suspecté.

– Pourquoi ça ?

– Dans la grande majorité des cas, le coupable se trouve dans l'entourage proche de la victime et quand il y a un mari, il est obligatoirement placé en tête de liste. Ça n'aurait pas dû le surprendre. J'ai rejoué la scène maintes et maintes fois dans ma tête et je ne comprends pas ce qui l'a poussé à prendre la fuite.

– Peut-être que le fait que vous l'attendiez à la sortie de l'église le jour de l'enterrement de sa femme, au vu et au su de tout le monde, y est pour quelque chose, tu ne crois pas ?

– C'est ce que je me suis dit. C'était une idée de Francis… du lieutenant Dupuis.

– Pourquoi venir le chercher à ce moment-là, bien précisément ?

– Il nous a dit que c'était pour que personne n'imagine que nous traitions Mathias différemment de n'importe quel suspect sous prétexte qu'il fait partie de la famille… excuse-moi… de la brigade.

– Cette raison t'a convaincue ?

– Je pense qu'il était content d'avoir enfin l'ascendant sur lui. Mathias n'a pas supporté.

– Tu es son amie. Tu crois vraiment qu'il aurait pu tuer Aurélie ?

– Le Mathias que je connais ne ferait jamais de mal à personne. Mais sa femme est morte et il y a forcément quelqu'un d'ici qui sait comment et pourquoi.

– C'est la raison de mon retour. Je veux vous aider. Ça fait longtemps que j'ai quitté la région, mais je pense avoir encore quelques amis ici. Mes parents ont une certaine influence…

– C'est un euphémisme.

– Je ne peux pas rester inactif pendant que Mathias est à l'hôpital. Je ferai tout ce que je peux pour le disculper.

– Tu penses vraiment ce que tu dis ?

– On parle de mon frère, là. J'ai failli le perdre une première fois alors que nous étions enfants. Je refuse que cela se reproduise. Il faut à tout prix lui éviter la prison. Il est innocent ! Et puis il est gendarme, bon sang ! Il ne le supportera jamais.

– Alors, suis-moi. »

Fanny se lève et se dirige vers le couloir, qui jouxte la cuisine, suivie par Augustin et les chiens. Elle ouvre une porte et allume. Augustin est estomaqué : ils se trouvent dans sa chambre à coucher. Un lit deux places occupe la partie gauche de la pièce. Un bureau sur lequel trône un ordinateur de *gamer* se trouve à droite. Mais ce qui attire immédiatement son regard, c'est ce qui orne une grande partie des murs : des dizaines de photos, d'articles de journaux, de photocopies de documents officiels et des notes manuscrites…

« Comment as-tu pu abattre un tel travail en quelques jours à peine ?

– Parce que j'y passe tout mon temps libre et que je sais qu'il est innocent. »

Augustin s'avance et observe, allant d'un document à l'autre : il y a des copies du rapport d'autopsie, des clichés pris lors du vernissage provenant, sans doute, des téléphones portables des invités.

« Tu as le droit d'avoir tout ça ?

– À ton avis ?

– Mais si ça se sait, tu risques…

– Qui ira le dire ? Toi, peut-être ? Je connais Mathias depuis que j'ai été mutée à la gendarmerie de Cestas. Il m'a prise sous son aile et m'a tout appris. On n'avait pas de secrets l'un pour l'autre et sans me vanter, je pense être la personne qui le connaît le mieux.

– Mieux que sa femme ? »

Fanny hausse les épaules tandis qu'Augustin continue son inspection. Il se saisit de la copie de la déposition de l'assistante et de l'associé d'Aurélie, et les consulte avec attention, à l'affût du moindre détail.

« Ne te fatigue pas, je les ai relus au moins dix fois chacune.

– C'est impossible que personne n'ait rien vu », murmure Augustin.

Fanny acquiesce. Elle est soulagée d'avoir quelqu'un avec qui partager sa frustration. Augustin s'intéresse maintenant aux photos qu'il détaille une à une. Toutes les personnes ayant été en relation avec Aurélie sont épinglées sur le mur : des clients, des amis de la famille, ses parents, Louis de Bearn, Karine Orcière, Gaspard et Évelyne Récamier, et d'autres qu'il ne connaît pas. Il remarque aussi plusieurs clichés de Mathias pris le soir du meurtre, mais aussi dans un contexte plus personnel. Ici, avec Aurélie, c'est une photo prise le jour de leur mariage. Une autre, en vacances. Un cliché, copie d'écran d'une vidéo prise par une caméra de surveillance, fait apparaître, en gros plan, l'ecchymose sur sa pommette. Une autre image capte son attention. Celle d'un appareil photo instantané prise en mode selfie. Il la décroche et l'observe avant de se tourner vers Fanny.

Elle rougit et ses yeux se remplissent de larmes. Elle sait qu'il a compris.

« Vous aviez une liaison ? »

Fanny baisse la tête.

## 19

*8 mars 2022, le soir du meurtre*

La robe rouge achetée pour l'occasion lui va comme un gant. Fanny sent le regard de Mathias posé sur elle, quand il pense qu'elle ne le voit pas. Elle essaie de se concentrer sur le tableau dont lui parle Louis de Bearn, sans y parvenir. Ce n'est pas pour admirer les œuvres qu'elle a accepté l'invitation de Mathias, mais pour essayer de lui voler un peu de son temps. Elle entend son prénom et se retourne. Aurélie est à ses côtés. Elle la salue poliment.

« … Au fait, tu te souviens de Fanny ? demande Mathias à son épouse.

– Bien sûr ! Vous êtes la collègue dont Mathias ne cesse de me chanter les louanges ! Je vais finir par être jalouse ! »

Fanny sent ses joues chauffer et sait qu'elle rougit. Elle déteste ça et se croit obligée de se justifier :

« La dernière fois que nous nous sommes rencontrées, j'étais en tenue de travail, c'est pour ça…

– Mais oui ! Bien sûr ! Si je trouve les uniformes tout à fait seyants pour les hommes, je pense qu'ils devraient être prohibés pour nous, les femmes. Quel outrage de cacher une si jolie silhouette sous un pantalon et une chemise aussi informes que disgracieux. N'es-tu pas de mon avis, Louis ? Allez, très cher, suis-moi, il est temps d'aller faire grimper notre chiffre d'affaires. »

*Elle est partie sans même écouter sa réponse. Quelle conne !* se dit Fanny, déconfite. Mathias se fait rassurant :

« Je t'avais prévenue qu'Aurélie pouvait être piquante parfois. Ne t'inquiète pas, elle n'a rien contre toi. Elle est comme ça avec tout le monde.

– Si tu crois que ça me rassure, tu te trompes.

– Allez, ne t'en fais pas. Tu en as vu d'autres. Je vais te chercher à boire.

– Non merci, tu sais bien que l'alcool ne me réussit pas. »

Il se penche vers elle et murmure :

« Je ne dirais pas ça, la dernière fois que nous avons bu un verre ensemble, ça a été plutôt agréable, tu ne t'en souviens pas ?

– Ce n'est ni le lieu ni le moment. Ton père nous regarde.

– Au diable mes parents ! Sortons prendre l'air, veux-tu ? »

Une fois à l'extérieur, il l'emmène derrière un buisson et l'embrasse. Après quelques secondes, elle rompt leur étreinte :

« Arrête, je ne veux pas de ça.

– Tu semblais d'accord, pourtant.

– Tu es marié, Mathias.

– Tu ne le découvres pas aujourd'hui. Tu l'as toujours su.

– Ce qui s'est passé entre nous était une erreur. Ce n'est pas ce que je veux.

– Et que désires-tu ? »

Elle baisse la tête.

« Je veux plus que ça. »

Il la regarde sans comprendre.

« Ne vois-tu pas ce qui se passe ? Tous ces moments passés à deux, toutes ces nuits… c'était bien, non ? J'ai espéré que les choses évolueraient différemment, mais apparemment, je me suis trompée. Lorsque tu es avec moi, tu sembles heureux, détendu. Tu me l'as souvent répété. Alors j'ai pensé que tu… que nous…

– Tu croyais sincèrement que j'allais quitter ma femme ? »

Cette phrase claque comme un coup de fouet. Elle ne dit rien, elle espère juste qu'il comprendra. Lorsqu'il était passé prendre un dernier verre chez elle, ils avaient longuement discuté. Il lui avait confié que son mariage n'était pas aussi heureux qu'il paraissait, qu'il songeait parfois à quitter Aurélie. Désinhibés par l'alcool, ils s'étaient longuement embrassés et avaient passé la nuit ensemble. Depuis ce jour, elle espérait.

Leur conversation ne prend pas la tournure qu'elle avait imaginée. Elle reste muette, mais ses yeux lui dévoilent ce que ses lèvres taisent. Il sait.

« Tu m'aimes, c'est ça ?

– Ne me dis pas que tu n'éprouves rien, je me souviens de chaque mot que tu as prononcé la dernière fois, de chacun de nos baisers. Tu m'as dit à quel point tu te sentais libre auprès de moi. »

Mathias se penche vers elle et la regarde froidement.

« Mais, Fanny, tu ne comprends pas : je suis un Clavery. Et chez les Clavery, on ne divorce pas ! »

Sur ces mots, il retourne dans la salle en la laissant seule, parfaitement consciente que cette dernière phrase va très certainement sonner la fin de leur histoire.

# 20

*19 mars 2022*

« Vous aviez une liaison ? répète Augustin.

– Nous avons eu une aventure, mais rien de bien sérieux. On a couché une fois ensemble. C'était une erreur. Ce qui importe c'est que je le connais suffisamment pour savoir qu'il ne peut pas être coupable. »

Augustin est pensif. Ce nouvel élément peut compliquer l'affaire. Il est certain d'une chose : Fanny ne lâchera rien tant que Mathias ne sera pas mis hors de cause. Il faut la rassurer :

« Votre secret restera bien gardé, tu peux compter sur moi. C'est bon de savoir que je ne suis plus seul et que tu es de notre côté. Par où commencer ?

– Voici les éléments essentiels qu'il faut garder à l'esprit. Premièrement : Aurélie a été assassinée par une personne de son entourage. Elle se trouvait dans son bureau. Aucun coffre-fort. Aucun objet de valeur. Juste des traces de lutte. Il y avait encore son sac, ses papiers et 400 euros dans son portefeuille. La piste du cambriolage qui a mal tourné est donc à exclure. Étant donné la violence des coups portés, le mobile est donc très certainement personnel. »

Augustin écoute religieusement son interlocutrice tout en prenant des notes. Il est désormais convaincu que grâce à Fanny, ils vont pouvoir avancer dans la bonne direction.

« Deuxièmement, le coupable se trouve forcément parmi les invités, car personne n'a pu entrer dans la salle sans carton d'invitation. Le vigile ainsi que les caméras de surveillance de l'entrée l'ont confirmé.

– Vous êtes parvenus à identifier tout le monde ?

– À peu près. Nous n'avons pas d'images de toute la soirée, mais il y avait 284 personnes inscrites sur la liste. On a réussi déjà à en exclure environ 200. Malheureusement, on n'a pas d'images de la montée d'escalier qui mène au bureau.

– Et le rapport d'autopsie ? »

Fanny reprend les feuillets de l'IML qu'elle a pris soin de photocopier. Le ton est posé. Méthodique.

« Je ne vais pas tout te lire car c'est beaucoup trop technique, mais voici un résumé : alors, concernant l'examen externe, rigidité cadavérique uniquement au niveau de la nuque, ce qui signifie que le décès remontait à moins de deux heures. La température du corps a été située à 36 degrés ce qui confirme qu'elle a bien été tuée aux alentours de 20 heures.

« Concernant l'examen interne, aucune trace de sperme. Des hématomes au niveau du poignet droit. Un bol alimentaire néant et une analyse toxicologique négative.

« Passons aux causes de la mort : disjonction entre le crâne et la première vertèbre cervicale. Fracture du rachis cervical supérieur. Atteinte du nerf phrénique qui a entraîné des troubles ventilatoires suivis d'une asphyxie. De plus le toubib a trouvé un œdème cérébral important ainsi que des hémorragies méningées… »

S'apercevant au regard d'Augustin qu'elle entre trop dans les détails, Fanny abrège sa lecture.

« La mort a été causée par un coup violent sur le crâne. Aurélie a manifestement été projetée contre la commode. Sa tête a dû heurter le rebord du meuble, dit-elle en pointant du doigt l'un des clichés. Sonnée, elle s'est écroulée puis le meurtrier l'a sans doute achevée en lui frappant de nouveau le crâne contre le sol. Il ne lui a laissé aucune chance de s'en sortir. Elle a dû mourir en quelques minutes. Après, la bonne nouvelle, c'est que le légiste a découvert de l'ADN sous ses ongles. Cela prouve bien qu'elle s'est débattue. On attend toujours les résultats.

– C'est une super nouvelle ça. »

Fanny lui adresse une moue dubitative.

« Encore faut-il que notre suspect soit fiché, sinon on sera bon pour tester tout le monde et ça va prendre des plombes. Sans compter que certains refuseront à coup sûr.

– Ce n'est pas obligatoire ?

– Non, tu as le droit de refuser. Seules les personnes à l'encontre desquelles il existe des indices graves et concordants sont passibles d'une peine de prison s'ils refusent. Alors, autant te dire que si le maire ou le notable du coin nous envoient balader, on ne pourra rien faire. »

Augustin semble à cet instant perdu dans ses pensées.

« Donc, si je comprends bien, il ne va pas falloir trop compter sur cet ADN.

– Sauf s'il appartient déjà au fichier.

– Mais pour ça, il faut avoir un casier, c'est ça ?

– Oui ou faire partie de la police… »

Fanny secoue la tête énergiquement, chassant les idées noires qui viennent de lui traverser l'esprit.

« Mathias est innocent, donc le problème ne se pose pas.

– Évidemment qu'il est innocent. Il y a forcément quelque chose que le meurtrier a dû oublier. Un détail sur une photo ou une vidéo qui a son importance. C'est ce qu'il faut trouver.

– Que crois-tu que je cherche depuis des jours !

– Je veux t'aider. C'est le moins que je puisse faire.

– Tu sembles proche de lui. Il ne m'a jamais parlé de toi, pourtant. Tu prends la situation bien à cœur pour quelqu'un qui, d'après ce que l'on dit, était à l'étranger depuis des années. Pourquoi revenir maintenant ? »

Augustin n'a pas envie de répondre, mais il sait que pour qu'elle ait vraiment confiance en lui, il lui faut se livrer un peu. Il soupire :

« Tu es trop jeune pour savoir exactement ce qui s'est passé lors de l'accident.

– L'accident de Mathias ?

– Oui… »

Sa voix se perd pendant un court instant.

« … On jouait tout le temps ensemble à l'époque. On se chamaillait beaucoup, mais on riait beaucoup aussi. Quand les parents ne nous entendaient plus, tu peux être sûre que l'on faisait une connerie… et on en a fait, crois-moi. Et puis est arrivé ce jour où Mathias a voulu m'épater. J'étais son grand frère. Je n'ai rien pu faire, je te jure que pas un jour ne passe sans que je repense à cette après-midi-là. Pas un jour où je ne revois le visage dévasté de ma mère. Y avait du sang partout. C'était affreux. Puis il y a eu l'hôpital, l'attente, et la délivrance lorsque les médecins nous ont dit qu'il était sorti d'affaire. Mais en fait, on ne connaissait pas la réalité de son état. Il est resté des mois dans le coma. Personne ne pouvait nous dire s'il allait se réveiller et quelles séquelles il allait garder.

– Mais il s'en est sorti.

– Oui, heureusement. Mais plus rien ne fut comme avant. Pour mon père, j'étais le responsable. Il est devenu très dur avec moi. Il m'adressait la parole uniquement pour m'engueuler. Mathias était devenu un ange béni des dieux sur lequel toute l'attention se portait et, moi, je n'existais plus. J'avais tout simplement été rayé de la carte.

– Tu lui en as voulu à ce moment-là ?

– À Mathias ? Non. Le pauvre n'y était pour rien évidemment. En revanche, j'en ai beaucoup voulu à mon père et aussi à ma mère, car elle n'a jamais essayé d'arranger les choses.

– Ton père me semble parfois un peu buté…

– Je ne vais pas te dire le contraire. Il est fier, orgueilleux, froid, distant et encore, je suis sympa. Je me demande toujours comment ma mère a pu tomber amoureuse d'un type pareil. Et un jour, il y a eu le mot de trop. Il m'a giflé et je suis parti.

– Tu n'es jamais revenu à Cadaujac ?

– Jamais. J'ai hérité de son sale caractère. Je suis rentré pour Mathias. Je veux être présent pour lui. Après toutes ces années, je lui dois bien ça. Je veux pouvoir aller le voir et le prendre dans mes bras pour lui annoncer que l'on a retrouvé l'assassin de sa femme. C'est mon seul objectif.

– J'aimerais tellement que tu aies raison.

– Mais nous sommes deux, maintenant, et je vais tout faire pour t'aider à découvrir la vérité. »

Augustin se redresse pour remplir les verres. La bouteille est déjà presque terminée. Fanny commence d'ailleurs à avoir la tête qui tourne. Elle doit pourtant garder toute sa lucidité.

« Je vais aller cuire des pâtes, car l'alcool et mon estomac vide ne font pas bon ménage.

– Des pâtes, ça me va. À part mon frère, vous avez d'autres suspects ?

– Au départ, tout le monde soutenait Mathias. On était sous le choc. On a multiplié les enquêtes de voisinage, exploré tous les mobiles imaginables, visionné des milliers d'images en cherchant une preuve, en vain. Alors, quand ton frère a eu la brillante idée de se tirer, Dupuis n'a pas cherché plus loin. Il avait déjà de sérieux doutes.

– Il ne semble pas trop l'apprécier ?

– Ils sont très différents. Je n'étais pas là quand Mathias a été muté à la brigade, mais il paraît que Francis ne l'a pas vu arriver d'un bon œil.

– Il voulait le poste ?

– Même pas, car il n'aurait jamais pu être nommé capitaine à Cestas. On est toujours promu dans une autre ville, voire dans une autre région. C'est autre chose. Je ne sais pas trop. Le nom de Clavery n'est pas apprécié par tous, ici.

– Et l'assistante, Karine Orcière ? C'est elle qui a trouvé le corps, non ?

– Tout est O.K. de son côté. Elle craignait les colères d'Aurélie, mais lui vouait une réelle admiration.

– Justement, il doit bien y avoir des gens qui lui en voulaient. Vous en êtes où de cette histoire d'arnaques dont Dupuis a parlé à mes parents ? C'est une piste sérieuse, quand même. Vous n'enquêtez pas ? »

Le ton de reproche dans sa voix n'échappe pas à Fanny :

« Bien sûr qu'on enquête. Tu crois quoi ? Mais c'est un travail de longue haleine. Il faut tout vérifier. Les alibis se confirment les uns après les autres. Quant aux mobiles, excepté cette histoire d'arnaques, on a que dalle.

– Et Louis ? Sa réputation était en jeu avec ce trafic ? Il avait des raisons d'en vouloir à Aurélie.

– On le voit dans la salle sur toutes les vidéos. Il est clean, mais plus on avance, et plus je me dis que la femme parfaite devait en agacer plus d'un.

– Toi compris. Je te rappelle que tu as eu une liaison avec son mari. D'ailleurs, quelqu'un est au courant ?

– Personne. Évidemment. Si jamais ça se sait, je suis morte. Je serais, au mieux, mise sur la touche et, au pire, soupçonnée. De toute façon, je t'ai déjà dit que tout était fini entre nous, avant même que cela n'ait commencé.

– Mais maintenant qu'Aurélie n'est plus là, tout redevient possible, non ?

– Tu insinues quoi ?

– Mais rien du tout. Je dis juste que ça ne semblait pas aller aussi bien que ça dans son couple. Je connais mon frère, s'il a craqué sur toi, c'est qu'il a eu des sentiments. Mathias est un mec droit. On ne divorce pas chez les Clavery, mais aujourd'hui tout a changé. »

Fanny agite sa main devant son visage comme pour chasser un insecte. Elle craint d'avoir été percée à jour. Contrairement à ce qu'elle lui a dit, sa liaison avec Mathias avait continué et n'était toujours pas officiellement terminée. L'avouer maintenant la placerait immédiatement en tête de liste des suspects. Juste en dessous du nom de son amant.

« Pour le moment, le plus important est de disculper Mathias et de trouver qui a bien pu commettre ce crime, tranche-t-elle. Il n'aurait jamais pu tuer sa femme. Ça ne tient pas la route. Il n'avait aucune raison de le faire.

– Ça nous aiderait quand même s'il parvenait à se souvenir de ce qu'il a fabriqué juste avant que l'on découvre le corps d'Aurélie. »

Fanny opine de la tête en se pinçant les lèvres.

« Et comment il s'est fait cet hématome au visage… poursuit-elle, soucieuse.

– Il m'a dit qu'il s'était pris une porte. Tu as entendu parler de son syndrome de Stendhal ? C'est dingue ce truc.

– Oui, je sais. Il m'en a déjà parlé. Mais pour le moment, personne n'est au courant. Son médecin n'a pas confirmé. Ça ne tiendra pas devant un juge. »

Augustin se lève et prend Fanny par les épaules.

« Je te jure que je vais découvrir qui est derrière tout ça et il va payer pour tout le mal qu'il nous a fait. »

# 21

*20 mars 2022*

Lorsque Augustin pénètre dans la chambre d'hôpital, son frère a les yeux clos. Sa respiration est lente et posée. Il semble si calme. Augustin déplace une chaise et s'assoit près de Mathias en lui prenant la main.

De temps en temps, enfant, il avait eu le droit de venir voir son frère lorsqu'il était dans le coma. Sa mère l'emmenait en cachette. Augustin préparait des dessins et lui racontait sa journée. Un jour, il avait senti son bras bouger. Une paupière se soulever. Un doigt se lever. Il se souvient s'être précipité dans les bras de sa mère. Elle lui avait alors expliqué que ce qu'il avait pris pour les prémices d'un réveil n'était en fait que des mouvements réflexes. Mais Augustin savait bien que son frère l'entendait et qu'il se réveillerait un jour.

Le voir aujourd'hui ainsi allongé sur ce lit d'hôpital lui rappelle tellement de mauvais souvenirs. Emporté par l'émotion, il serre ses doigts tellement forts que son frère pousse un gémissement en ouvrant les yeux.

« Désolé, Mathias. Je ne voulais pas te réveiller.

– Ce n'est pas grave. Tu es là depuis longtemps ?

– Je viens juste d'arriver. Comment vas-tu ?

– Mieux, à part qu'ils me shootent. Ils pensent sûrement que je veux m'enfuir de nouveau.

– J'ai des nouvelles. Les gendarmes sont venus au château. Ils ont découvert qu'Aurélie arnaquait certains de ses clients. »

Mathias semble désorienté. Augustin sent bien qu'il cherche à se remettre les idées en place, mais son cocktail de médicaments lui oppose une féroce résistance.

« C'est quoi encore cette histoire ?

– Bearn l'a confirmée.

– Ce n'est pas possible. Pas Aurélie. Je l'aurais su.

– Il faut croire qu'elle ne te disait pas tout. Papa était au courant lui aussi. Tu te souviens de la colère de Récamier ? C'était pour ça. »

Mathias est abasourdi. Au fond de lui, il est persuadé qu'Aurélie n'aurait jamais pu lui cacher de telles choses. Il doit forcément y avoir une explication.

« Je dois parler à Bearn.

– Hé oh ! Reviens un peu à la réalité. Tu as vu où tu es ? Dans quelle situation tu te trouves ? L'escroquerie qu'a montée Aurélie est sans doute la meilleure chose que l'on ait pu trouver. Parce que si magouille il y a eu, il y a forcément des gens qui lui en veulent. On parle de plusieurs dizaines de milliers d'euros à chaque fois. »

Mathias semble réfléchir. Augustin pourrait avoir raison.

« Dupuis le sait ? Il cherche de ce côté ?

– Moi, je le sais… »

Il lui pose une main rassurante sur l'épaule et sourit, espiègle :

« … et la jolie major aussi. »

Mathias ne comprend pas ce qu'Augustin insinue.

« Dupuis et elle sont venus interroger les parents. Maman m'a dit que vous étiez amis, alors j'ai pris contact avec elle. Nous avons dîné ensemble hier soir. Elle est convaincue de ton innocence et travaille en ce sens. J'ai promis de l'aider. Tu n'es plus seul. On va tout reprendre depuis le début pour te sortir de la merde dans laquelle tu te trouves. Avec l'aide de Fanny qui est à fond derrière toi.

– Que veux-tu dire par là ?

– Que pour elle, tu es bien plus qu'un simple collègue. Je me trompe ?

– Tu es complètement taré ! Il n'y a rien entre Fanny et moi. J'aimais Aurélie ! »

Augustin fronce les sourcils.

« Désolé, Mathias. Je ne voulais pas te froisser. Faut que j'y aille maintenant. J'ai promis à maman de passer la voir. »

# 22

*17 juin 2012, le jour des fiançailles*

Autour de la table de la salle à manger du château Dubuisson, dix-huit convives, parents et proches d'Aurélie et de Mathias, sont réunis. La table est magnifiquement dressée et des bouquets de fleurs jaune et blanc accentuent l'ambiance à la fois chaleureuse et festive du moment.

Le temps des prises de parole est arrivé et, après le discours empli d'émotions de Valentin Dubuisson, vantant toutes les qualités de sa fille unique, c'est au tour de Michel de se lever :

« Mes chers enfants, aujourd'hui, je suis un homme comblé. Votre mariage ne sera pas seulement celui d'un homme et d'une femme unis par un amour de longue date, non. Ce sera également celui de deux familles ancrées dans la région depuis plus de cent ans. Deux familles qui ont en commun l'amour de la terre et des vignes. Deux familles qui ont connu des drames, mais qui sont toujours restées soudées. Vous permettez, grâce à votre union, qu'un lien indéfectible soit tissé entre les Dubuisson et les Clavery, et j'en suis très fier et heureux. Certes, Mathias n'est pas vigneron… enfin, pas encore. Je ne désespère pas de le faire changer de vocation un jour… »

Il éclate d'un rire sonore, imité par tous les convives.

Pendant ce discours, Delphine observe Augustin. Assis à la droite de Mathias, il garde les yeux rivés sur son assiette, écoutant avec attention les mots de son père. Elle distingue cependant le rictus empli d'amertume que son fils esquisse du coin des lèvres. *Pourquoi Michel feint-il d'ignorer la présence d'Augustin, aujourd'hui encore ? Quoi qu'il fasse, quoi qu'il dise, ce n'est jamais assez bien.* Son cœur de mère se serre à l'idée de ce qu'il peut éprouver en ce moment. Lorsque ses yeux croisent ceux d'Augustin, elle lui adresse un tendre sourire.

« … Mathias. Mon fils. Tu sais bien que dans la famille, les démonstrations d'affection ne sont pas notre fort, alors, en cette magnifique journée qui célèbre aussi la fête des pères, j'ai longtemps cherché un cadeau qui soit à la hauteur de l'amour que je te porte. Je l'ai enfin trouvé. Chers parents, chers amis, j'ai l'immense plaisir de vous annoncer que nous allons créer la cuvée spéciale Château Clavery Père et Fils. »

Le sourire de Delphine se fige tandis que le regard d'Augustin se durcit. Même si rien dans l'appellation ne l'évoque explicitement, tous deux savent qu'il n'est fait aucune mention de lui, une fois encore.

C'en est trop. Augustin recule sa chaise bruyamment et se lève. Tous les regards se tournent vers lui. Michel s'emporte :

« Quoi encore ? Pourquoi tu m'interromps ? Je n'ai pas terminé.

– Et moi, j'en ai assez entendu. Tu crois que je vais me laisser humilier comme ça, devant tout le monde, sans dire un mot ?

– Arrête de divaguer. Tout ne tourne pas autour de toi. C'est la journée de ton frère.

– La journée ? Je dirais plutôt le mois, l'année, la vie, oui ! Tout ce que fait Mathias est si merveilleux ! Il ne veut pas travailler dans la vigne ? Soit ! Il veut entrer dans la gendarmerie ? Il a ta bénédiction. »

Mathias intervient :

« Arrête, Gustin, s'il te plaît. Ce n'est ni le lieu ni le moment.

– Ce n'est jamais le moment, Mathias, dès qu'il s'agit de moi. »

Les convives se taisent, abasourdis par le drame qui se joue sous leurs yeux. Michel se lève et saisit le bras d'Augustin.

« Sortons. Tu as dû boire un peu trop. Je te ramène au château. »

Il se dégage fermement.

« M'as-tu déjà adressé un mot gentil, un sourire sincère ou même une simple accolade ?

– Tu divagues complètement, mon pauvre.

– As-tu, ne serait-ce qu'une fois dans ta vie, été fier de moi ?

– Comment l'aurais-je pu ? Tu as voulu tuer ton frère ! »

Delphine étouffe un cri. Mathias se lève à son tour.

« Non, papa, tu vas trop loin, c'était un accident.

– Laisse-le dire, Mathias, pour que ta future femme connaisse le vrai visage de cet homme. Tu vois, papa, tout le monde te regarde et tout le monde connaît maintenant le monstre qui sommeille en toi. Un père capable de rendre un enfant coupable de l'accident de vélo de son petit frère, ne peut être qu'un sous-homme. »

Incapable de se contrôler, Michel gifle violemment son fils tandis que Delphine, impuissante, éclate en sanglots dans les bras de Carole, la mère d'Aurélie.

Augustin regarde son père d'un air triomphant. Il a réussi à le mettre hors de lui et à dire tout ce qui le rongeait depuis des années.

Michel, quant à lui, n'en a pas encore terminé :

« Oui, je t'en veux. Si tu étais allé voir ta mère ce jour-là, comme tu aurais dû le faire, elle ne vous aurait jamais autorisés à aller jouer sur la route. J'imagine que tu n'es jamais allé jusqu'à la maison. Alors, oui, je t'en veux et je t'en voudrais jusqu'à la fin de mes jours. Et j'aurais tout donné pour que ce soit toi qui sois allongé sur un lit d'hôpital plutôt que ton frère.

– Papa, non ! »

Mathias regarde son aîné, désolé.

« Tu vois, il en a fallu des années avant que le masque ne tombe. Je n'ai plus rien à faire ici désormais. »

Devant l'assistance abasourdie par tant de violence, Augustin quitte la pièce, sonnant le glas de la fête des fiançailles d'Aurélie et de Mathias.

## 23

*21 mars 2022*

Fanny hésite à sonner à la porte de la mère d'Aurélie. Elle est mal à l'aise, mais elle a le sentiment qu'en apprenant à mieux connaître la victime, elle trouvera de nouveaux éléments pour aider Mathias.

Devant le regard étonné de Carole Dubuisson, le major Cipriani se présente en tenue tout en sachant que cette visite est totalement hors procédure.

« Bonjour, madame, j'aurais quelques questions à vous poser. Puis-je entrer ?

– C'est à propos d'Aurélie ? Il a enfin avoué ?

– Pas encore. Votre aide nous serait précieuse pour cerner un peu mieux leur couple. »

Le visage de Carole s'apaise légèrement et d'un geste de la main, elle l'invite à entrer.

Sur les murs du salon, plusieurs photos de son mari et de sa fille sont accrochées, souvenir des temps heureux. Carole essuie une larme.

« Je n'ai pas grand-chose à vous proposer, car je reçois très peu de monde. Vous voulez un café ?

– Oui, avec plaisir. »

En attendant le retour de son hôte, Fanny jette un regard furtif sur les photos, remarquant çà et là des emplacements vacants. Plus aucun cliché de Mathias. Il ne fait plus partie de sa vie. Il lui faudra donc être vigilante. Le territoire est miné et hostile.

« J'aurais besoin de savoir qui était vraiment Aurélie, et vous êtes évidemment la mieux placée pour répondre.

– C'était une enfant tellement gaie. Mathias et elle ont grandi ensemble. Elle a toujours voulu réussir par ses propres moyens. Mon mari a rapidement compris qu'elle ne serait pas heureuse dans la vigne, il l'a encouragée à trouver sa voie. Quelques mois après ses fiançailles, elle est partie en Australie et s'est passionnée pour l'art aborigène. Et à son retour, avec l'aide de Louis, elle a fondé sa galerie. Et grâce à nos relations qui lui ont fait confiance, le succès fut rapidement au rendez-vous.

– Et est-ce que vous n'avez pas été déçue qu'elle épouse un gendarme ?

– Il faisait partie de la famille. La question ne s'est pas posée. »

Carole porte sa tasse à ses lèvres d'une main tremblante. Fanny lui laisse le temps dont elle a besoin. Elle sent bien qu'elle est prête à parler. Inutile de la brusquer.

« Pourquoi n'ont-ils pas eu d'enfants puisqu'ils s'entendaient si bien ?

– Au départ, Aurélie a voulu donner la priorité à son travail. Elle pensait avoir le temps… Et puis, il y a eu l'orage. Tout a changé.

– Comment ça ?

– On a tout perdu en quelques minutes. Nos amis nous ont tourné le dos, même les Clavery. Mon mari ne l'a pas supporté.

– Quel rapport avec le fait d'avoir un enfant ?

– Aurélie ne leur a jamais pardonné. Elle m'a toujours dit que les Clavery n'auraient jamais la joie d'être grands-parents tant qu'ils seraient vivants, et son mari comprenait.

– Cela ne vous manquait pas ?

– Tout ce qui pouvait contrarier les Clavery me convenait. Elle les haïssait au moins autant que moi. C'était beaucoup plus difficile pour elle, car elle devait les côtoyer très régulièrement.

– Et vous ?

– J'ai toujours refusé de me retrouver dans la même pièce qu'eux. Delphine a essayé de renouer le contact après le décès de mon époux, mais c'était trop tard. Le mal était fait. »

Carole Dubuisson est calme, posée, mais l'espace d'une seconde, un spasme vient crisper l'expression de son visage.

« Et comment Mathias a pris la chose ?

– Il était fou d'elle… enfin, je le pensais.

– Cela signifie que vous le croyez coupable ?

– Comment désigneriez-vous un homme qui s'enfuit en voyant les forces de l'ordre le jour de l'enterrement de sa femme ? »

Fanny s'abstient de répondre.

« Et quelles étaient ses relations avec Louis de Bearn ?

– Ils étaient amis de longue date. La famille de Bearn est très connue dans la région… »

Ses traits se durcissent :

« J'avoue ne pas comprendre. Pourquoi Mathias n'est-il pas encore en prison ? Vous n'avez pas assez de preuves ? Qu'attendez-vous ?

– Il est encore trop tôt. Il n'a pas avoué.

– Eh bien, je compte sur vous pour le faire parler. J'ai perdu mon mari et ma fille par la faute des Clavery, alors je n'aurais pas une minute de répit tant qu'il ne sera pas derrière les barreaux.

« Vous savez... Je sais ce qu'on raconte au sujet d'Aurélie. Je lis les journaux, je vais sur Internet. Je ne suis pas dupe. Je n'ignore pas que d'anciennes employées mécontentes d'avoir été renvoyées se sont répandues dans la presse. Elles ont sali ma fille, elles l'ont fait passer pour une femme caractérielle, violente, mais c'est faux. Ce ne sont que des mensonges. Le soir de ce maudit vernissage, elle m'a appelée. Elle avait envie d'entendre le son de ma voix. Elle avait ce besoin à chaque fois... à chaque fois qu'elle devait côtoyer ses beaux-parents. Elle ne les supportait plus... lui surtout. Mais Aurélie n'était pas le monstre que ces filles dépeignent. Mon enfant n'était pas comme ça. »

Sa voix se brise.

*

Après le départ du major Cipriani, Carole Dubuisson se laisse tomber sur une chaise de la cuisine. La seule chose qui l'empêche de sombrer est la perspective de faire payer Mathias et, à travers lui, tous les Clavery.

Elle est épuisée. Chaque jour est une souffrance depuis la mort d'Aurélie.

Elle ouvre, pour la énième fois, l'album photo qui est posé sur la table et en détaille chaque page. Il y a tout d'abord son mariage avec Valentin Dubuisson, elle venait d'avoir 22 ans. L'union de deux familles de la région, comme c'était souvent le cas alors... La naissance de sa fille et les années de bonheur trop vite passées. Puis, plus rien. L'album s'est arrêté à la mort de son mari. Les seules photos d'Aurélie dont elle dispose ensuite sont stockées sur son téléphone portable. Elle devrait les imprimer, mais elle n'en a pas encore eu le temps ni le courage.

La sonnerie de l'entrée retentit. Elle n'attend personne. Depuis le décès de son époux, ses amis l'ont délaissée un à un. Certains par honte de ne pas les avoir aidés lorsqu'il était encore temps, et d'autres, par faiblesse. Par intérêt aussi. Il fallait choisir son camp, et celui de Carole Dubuisson était clairement celui des faibles. Seule Aurélie venait rendre visite à sa mère une ou plusieurs fois par semaine. Dès qu'elle en avait l'occasion.

Elle se lève et se dirige lentement vers la porte. Ce doit être le major Cipriani qui a sans doute oublié de lui poser quelques questions. Elle accroche un maigre sourire à ses lèvres et ouvre :

« Alors, major, que souhaitez-vous sa… »

Elle s'arrête, interdite : Delphine Clavery lui fait face, l'air gêné.

Les deux femmes s'observent durant plusieurs secondes avant que Carole ne la laisse entrer. Aucune n'ose rompre le silence qui s'est installé. Delphine détaille du regard la pièce dans laquelle elle se trouve. C'est un salon de belle taille. Une baie vitrée donne sur un parc.

« C'est joli chez toi. »

Carole demeure muette. Elle se refuse à ce qu'elle s'assoit sur les fauteuils dans lesquels sa fille adorée avait l'habitude de se lover, et se dirige vers la cuisine semi-ouverte. Elle lui indique un tabouret haut d'un geste de la main.

Delphine y prend place, mal à l'aise. Elle n'a peut-être pas eu une bonne idée en venant ici, mais elle ne peut pas s'en aller. Pas maintenant. Elle regarde celle qui fut, jadis, sa meilleure amie en se demandant comment renouer le contact.

Carole sort deux verres d'un placard, y verse du jus d'orange et en pousse un en direction de Delphine.

« Qu'est-ce que tu veux ?

– Je voulais te dire à quel point je suis désolée de ce qui est arrivé à Aurélie et t'assurer de mon soutien. Si tu as besoin de quoi que ce soit…

– Tu ne crois pas que vous en avez assez fait ?

– Carole, je suis désolée…

– Désolée de quoi ? D'avoir poussé mon mari au suicide ou d'avoir tué ma fille ?

– Comment peux-tu dire ça ?

– Et toi ? Comment oses-tu venir ici, chez moi, pour te donner bonne conscience en sachant que ton fils a tué Aurélie ? Mon enfant… »

Elle étouffe un sanglot sous le regard pétrifié de Delphine avant de se reprendre et de continuer, pointant un doigt accusateur :

« Nous étions amies. J'ai recueilli tes confidences et tes larmes pendant l'hospitalisation de Mathias, et lors du départ d'Augustin… Et quand j'ai eu besoin de toi à mon tour, tu m'as tourné le dos sans une explication.

– Ce n'est pas aussi simple.

– Pardon ? Où étais-tu pendant toutes ces années ? Quand je me suis retrouvée seule après le décès de Valentin ? Tu te souviens de Valentin ? Votre soi-disant ami à qui vous avez refusé un prêt. Où étais-tu lorsque ma fille travaillait afin de m'offrir un logement que je n'étais plus en mesure de payer ? Ah oui, j'oubliais qu'on ne parle pas d'argent dans ton monde, et pourtant c'est la réalité. Je n'avais plus rien. Plus de mari, plus de vignes, plus de terres, plus de maison. Rien. Et là, tu oses mettre un pied chez moi et tu voudrais que je te déroule le tapis rouge ? Atterris un peu ! »

Un masque de haine couvre le visage de Carole Dubuisson. Delphine n'est pas habituée à ce qu'on lui parle de cette façon. Elle ne sait pas quoi répondre. Il faut que Carole comprenne que son fils est innocent. Il le faut.

« Mathias n'a rien fait. Il ignore ce qui s'est passé. Il aimait Aurélie. Je le sais. Tu es une mère. Je suis sûre que tu as remarqué le lien qui les unissait. Tu dois me croire. »

Carole la regarde avec un air de dégoût. Comment a-t-elle pu laisser une Clavery entrer dans son appartement ?

« Mathias a tué ma fille unique. Je lui souhaite de croupir des années en prison. Je lui souhaite de ne jamais trouver la paix. Je lui souhaite d'avoir mal au moins autant que je souffre. Je vous maudis, toi et ta famille. »

Son poing s'est abattu sur la table pour appuyer chacune des phrases de la malédiction qu'elle vient de proférer, sous le regard empli de larmes de Delphine.

« Tu vas me faire le plaisir de remballer ta fausse compassion et de ficher le camp de chez moi. Je ne veux plus te voir, ni même te croiser. »

Delphine est stupéfaite. Rien ne se passe comme elle l'avait imaginé. Elle se lève et sort, la tête basse, sans un regard.

Lorsqu'elle entend la porte d'entrée claquer, Carole s'effondre en sanglotant sur la table de la cuisine.

# 24

*21 mars 2022*

Le cabinet Ventura Lepel Cointet, situé en plein centre de Bordeaux, avait l'habitude de traiter des affaires complexes. Celle qui venait de leur être confiée allait requérir toute leur attention, Michel Clavery étant un homme très influent.

Maître Ventura consulte son téléphone dans le hall de l'hôpital. Il est en avance. C'est un homme ponctuel, d'une cinquantaine d'années, costume bleu marine, chaussures parfaitement cirées. Ses tempes grisonnantes accentuent sa ressemblance avec l'acteur Thierry Neuvic et il n'en est pas peu fier.

Après s'être présenté au gendarme en faction, il entre dans la chambre de son client. Ce dernier ouvre les yeux à son approche. Il semble fatigué, triste et inquiet. Ses traits sont creusés. Ses yeux cernés jusqu'au milieu des joues.

« Bonjour, Mathias. Comment vous sentez-vous aujourd'hui ? »

En désignant sa jambe plâtrée, il esquisse un rictus.

« Pas plus mal. Vous savez comment ça s'appelle ce machin ? » dit-il en montrant son appareillage. « Une potence. Il fut un temps où l'on m'aurait déjà passé la corde au cou sans autre forme de procès. Ironique, non ? »

Il part d'un rire nerveux, tout sauf naturel.

« Sinon, vous avez du nouveau ?

– Je dois vous dire que vous êtes toujours le principal suspect pour les gendarmes, mais j'ai néanmoins une bonne nouvelle.

– Enfin !

– Nous avons appris qu'Aurélie avait arnaqué un certain nombre de notables de la région, dont beaucoup avaient tourné le dos à sa famille. Il y a sans doute une piste à creuser de ce côté-là. »

Mathias est déçu. Il connaissait déjà cette information. L'avocat continue :

« Ce qui coince encore, c'est ce trou dans votre emploi du temps.

– Je ne me souviens toujours pas de ce que j'ai pu faire, mais j'ai peut-être une explication. Elle va sans doute vous sembler tirée par les cheveux et c'est pour cette raison que je ne vous en ai pas parlé avant.

– Je vous écoute.

– Il y a quelques années, j'étais avec Aurélie et Louis dans une galerie et j'ai été pris de vertiges en regardant une toile. Cela s'est reproduit deux fois, mais, la dernière, j'ai perdu connaissance pendant plusieurs minutes. Les médecins n'ont rien trouvé et c'est Louis qui m'a aiguillé sur le syndrome de Stendhal. »

Devant le regard interrogatif de Maître Ventura, Mathias poursuit son explication :

« C'est un trouble psychosomatique. En résumé, il peut causer des vertiges et des nausées. Et comme depuis petit, suite à mon accident de vélo qui m'a plongé plusieurs mois dans le coma, je suis sujet à de courtes pertes de mémoire immédiate, les effets de ce syndrome sont amplifiés. »

Mathias semble à cet instant soulagé et c'est les yeux pleins d'espoir qu'il attend la réaction de son avocat.

« C'est très intéressant, mais je dois avouer que c'est une piste à double tranchant. Je ne sais pas encore s'il sera pertinent de l'évoquer. Nous verrons. »

Mathias accuse le coup. Pour lui, c'est le seul élément qui pourrait le tirer d'affaire.

## 25

*22 mars 2022, vers midi*

Augustin a hésité avant d'accepter ce déjeuner avec ses parents. La dernière fois qu'il avait participé à ce genre de réunion familiale, c'était aux fiançailles de son frère. Son père l'avait frappé et il était parti. Sans intention de revenir un jour. C'est sa mère qui l'avait convaincu, lui promettant que cette fois-ci tout se passerait bien.

Vers midi, il franchit la grille et remonte la grande allée gravillonnée bordée de chênes centenaires. Delphine l'accueille sur le perron, les bras grands ouverts.

« Je suis tellement heureuse de te voir. Viens, entre. Donne-moi ton manteau. »

Augustin pénètre dans le salon où la table est déjà installée. Nappe blanche parfaitement repassée. Service en porcelaine et verres en baccarat sont de sortie : le grand jeu.

« Viens près de moi, dit-elle en tapotant le canapé avec sa main. Nous n'avons pas eu le temps de parler la dernière fois. Je veux tout savoir sur ta vie. Tu m'as tellement manqué. »

Augustin la regarde en arborant un large sourire, mais reste tout de même encore un peu sur la réserve.

Il appréhende déjà ce déjeuner avec son père, même si ce dernier semble mieux disposé à son égard depuis qu'ils se sont vus.

« Papa n'est pas là ?

– Il travaille avec Henri. Il ne va pas tarder. Alors, raconte-moi.

– Écoute, il n'y a pas grand-chose à dire. J'ai passé de très bons moments en Argentine où j'ai monté plusieurs start-up qui ont plutôt bien marché. Ma vie était bien remplie. Ce pays est sublime, varié et les Argentins très sympathiques.

– Tu parles espagnol ? »

Augustin esquisse un sourire.

« Oui, c'est préférable quand tu vis dans le même endroit depuis dix ans.

– Et tu m'avais parlé d'une jeune fille. Avril ? C'est ça ?

– Abril. On a passé de chouettes moments ensemble, mais elle n'était pas pour moi. Nous avions des projets de vie totalement opposés. Elle ne voulait pas quitter l'Argentine et moi je souhaitais rentrer en France. Ses parents sont de riches propriétaires terriens. Ils ont une hacienda en Patagonie. Moi, je préférais vivre à Buenos Aires, alors, au départ, Abril m'a suivi, mais j'ai très vite senti qu'elle n'était pas faite pour la ville.

– Tu as de la chance. À chaque fois qu'il y a un reportage sur l'Argentine à la télé, je le regarde. Les images sont toujours sublimes.

– Oui, c'est un très beau pays. Tu aurais pu venir me voir si tu l'avais voulu.

– Tu sais bien que ce n'était pas possible, mon chéri.

– À cause de papa ? »

Delphine soupire en baissant le regard.

« Pas uniquement. Pour que je vienne, il aurait aussi fallu que je sache exactement où tu vivais. Mais n'en parlons plus, c'est du passé tout ça, tu es là maintenant. »

Elle se racle la gorge, hésitante. Se frotte nerveusement les mains.

« Je voulais te demander quelque chose depuis longtemps : pourquoi n'as-tu jamais cherché à parler à ton frère ? Ce n'était pourtant pas compliqué. Tu savais où il était.

– Quand je suis parti, je n'avais qu'une seule idée en tête : disparaître pour de bon. Je souffrais trop. J'ai repris contact avec toi, mais je n'ai jamais osé le faire avec Mathias. Je pense que j'avais honte du scandale que j'avais causé à ses fiançailles. J'étais convaincu qu'il m'en voulait à mort. J'ai préféré rester loin de lui, mais aujourd'hui je sais que j'ai commis une erreur. Et je vais la réparer, je te le jure. »

Sa mère se lève pour insérer un disque dans le lecteur. Un air sud-américain entraînant retentit dans la pièce.

« Tu t'es mise à la musique argentine ? »

Delphine jette un œil à la pochette du CD en la retournant plusieurs fois.

« C'est un des groupes préférés de Mathias, mais ils sont mexicains, je crois. Ils s'appellent Maná.

– Ah oui, bien sûr, je les aime beaucoup aussi. C'est drôle que vous écoutiez ce groupe en Europe. Je ne pensais pas qu'ils étaient connus ici. »

La porte claque, interrompant la discussion.

« Ah ! te voilà, lance M. Clavery en entrant dans la pièce.

– Bonjour, papa. Toujours d'aussi bonne humeur.

– Passons à table, j'ai faim et je n'ai pas toute la journée. J'ai du boulot, moi. »

Le début du repas se passe dans une ambiance pesante. Ils échangent quelques banalités entre le bruit des couverts qui raclent les assiettes. Soudain, Augustin rompt le silence :

« Je suis allé voir Mathias à l'hôpital. Il ne semblait pas au courant du trafic d'Aurélie. C'est une bonne nouvelle pour lui. Je suis convaincu que tout un tas de gens devait lui en vouloir.

– Je suis sidéré par cette histoire. Comment a-t-elle pu nous berner pendant des mois sans que personne s'en rende compte ?

– Je ne sais pas, mais ton copain Récamier l'a percée à jour. Tu as une idée de comment il a procédé ?

– En voulant montrer sa dernière acquisition à l'un de ses amis galeristes, celui-ci a eu un doute sur l'identité du peintre. Ce n'est pas sa spécialité, mais il adore l'art aborigène. Il a fouillé et a découvert l'arnaque. Gaspard était furieux. Il a essayé de joindre Aurélie plusieurs fois, mais elle l'a toujours esquivé. Il m'a appelé, mais je n'ai pas voulu le croire, alors, il m'a apporté un certain nombre de preuves. Des expertises, des témoignages. Je lui ai promis de tirer tout ça au clair. Il était censé me laisser agir. Je tenais pardessus tout à éviter que notre nom soit mêlé à une escroquerie. Mais cet abruti est quand même venu au vernissage !

– Et, toi, tu n'as jamais aimé les scandales, n'est-ce pas ?

– Ce n'était ni le lieu ni le moment pour ça. J'ai discuté avec Aurélie et ils ont convenu d'un arrangement. L'affaire était réglée.

– Oui, peut-être pour lui, mais peut-être pas pour tous les autres. Et il y avait une sacrée liste, d'après ce que m'a dit Fanny. Que des notables du coin. Ça va faire du bruit quand toute cette affaire va sortir dans la presse.

– Je sais et j'en veux à Aurélie. Décidément, cette famille est vraiment en dessous de tout. Quand je pense que Valentin n'a même pas été foutu de se reprendre en main et qu'il a préféré se suicider en abandonnant sa famille. Quel lâche ! Les catastrophes climatiques dans notre métier, il y en a toujours eu. Il faut vivre avec. Je ne l'aurais jamais cru capable d'en arriver à cette extrémité. Il m'a tellement déçu. Quant à sa fille, je n'en parle même pas. Elle n'a jamais pensé à Mathias ni à nous et maintenant on va devoir tout gérer.

– Je suis d'accord avec toi, et si je peux t'aider, je suis là. Mais on doit déjà sortir Mathias de ce merdier. »

Michel fixe son fils dans les yeux. Pour la première fois depuis bien longtemps, ce dernier semble y voir autre chose que du mépris à son égard.

« Je suis allé rendre visite au major, reprend Augustin. Elle est très proche de Mathias, elle est de notre côté, c'est sûr, et s'il y a un élément qui peut l'innocenter, elle le trouvera.

– C'est une bonne chose, car ce lieutenant Dupuis ne me semble pas très docile.

– Il enquête à charge, tu veux dire… J'ai l'impression qu'il n'apprécie pas beaucoup notre famille. Simple jalousie évidemment, mais du coup comme c'est désormais le patron, tout le monde le suit sans se poser de questions.

– Le colonel Ballureau est un ami. Je n'ai jamais osé lui demander un service, mais si ce Dupuis continue à nous faire des ennuis, je vais le contacter pour qu'il lui remette les pendules à l'heure.

– Je ne suis pas sûr que ce soit une bonne idée de se le mettre à dos. Laisse-moi faire. Il a beau ne pas trop aimer Mathias, je pense que c'est un type droit. Il faut juste l'aiguiller sur une autre piste et je fais confiance à Fanny pour ça.

– Si tu le dis… »

Michel dévisage son fils avec insistance. Il semble le redécouvrir. Augustin est devenu un homme fier, sûr de lui et apparemment têtu. Il a finalement hérité de quelques qualités chères aux Clavery. Et au fond de lui, Michel en ressent une certaine fierté.

« Toi aussi tu pouvais en vouloir à Aurélie, tu penses que Dupuis peut te soupçonner ? demande Augustin.

– Non, franchement, je ne vois pas pourquoi il me soupçonnerait. Je ne suis sorti de la salle que pour aller fumer. Et puis pourquoi aurais-je voulu assassiner Aurélie ? C'était ma belle-fille. La femme de ton frère. Cette histoire est très néfaste pour notre famille. »

Delphine contemple la scène qui se joue devant elle, la poitrine serrée. Pleurer s'est toujours révélé être un signe de faiblesse chez les Clavery, alors elle tente de retenir ses larmes. Mais au bout de quelques minutes, l'émotion est trop forte. Voir son mari et son fils rassemblés sous le même toit, les entendre discuter simplement, percevoir dans le regard de son époux une certaine fierté, lui procure un flot d'émotions contradictoires, entre joie et tristesse. La joie de retrouver enfin son fils aîné. La tristesse de devoir peut-être perdre le second.

Subitement, elle se met à trembler, son visage devient livide. Augustin se presse vers elle, inquiet :

« Maman, ça ne va pas ? Qu'est-ce qui t'arrive ? »

Sans lui répondre, Delphine se tourne vers son époux :

« Où étais-tu lorsque nous cherchions Aurélie ?

– Pardon ?

– Tu m'as très bien entendue. Où étais-tu ?

– Je suis sorti fumer. Je te l'ai déjà dit ! »

Delphine baisse les yeux durant quelques secondes, avant de le fixer :

« Tu mens. »

Michel se lève, rouge de colère, une main sur sa poitrine :

« Comment oses-tu…

– Tu mens. Je t'ai connu fumeur. J'ai lutté pour que tu arrêtes. Je t'ai accompagné chez le médecin lorsque tu as décidé de te faire aider pour cela. »

Michel et Augustin la regardent, interloqués. Ils ne comprennent pas où elle veut en venir. Delphine poursuit sans quitter son mari des yeux :

« J'ai toujours eu l'impression, depuis cette terrible soirée, que tu me mentais ou que, tout du moins, tu me cachais une partie de la vérité. Ce n'était qu'une impression diffuse. J'ignorais ce qui me gênait, mais je le sais maintenant. »

Delphine se lève et se met face à son époux. Elle semble avoir vieilli de dix ans en l'espace de quelques minutes. Ses sourcils froncés et ses lèvres pincées lui donnent un air sévère que ni Michel ni Augustin ne lui ont connu jusqu'alors.

« Depuis toutes ces années à tes côtés, j'ai systématiquement su à quel moment tu craquais, lorsque tu allais fumer en cachette. Je te prenais toujours en défaut en te disant que ta peau s'imprégnait de l'odeur de la cigarette, et ce, même si tu avais pris soin de te laver soigneusement les mains ou de te brosser les dents, tu t'en souviens ? »

Michel la regarde, atterré.

« Tu divagues complètement… »

Delphine lui coupe la parole :

« Lorsque nous avons attendu dans le couloir avec Mathias, après la découverte du corps de cette pauvre Aurélie, nous avons enlacé notre fils. Et je peux jurer une chose : c'est que tu ne sentais pas la cigarette. Je l'aurais instantanément remarqué. Alors, je réitère ma question : où étais-tu ? »

Michel secoue la tête, lui tourne le dos et quitte la pièce sans se donner la peine de répondre tandis qu'Augustin prend sa mère dans ses bras.

## 26

*22 mars 2022, le matin*

À la suite de son interrogatoire, Karine Orcière a beaucoup réfléchi. Elle a toujours été une fille simple, peu sûre d'elle et influençable. La veille, lorsqu'elle a révélé à ses parents ce dont elle s'était souvenue, ces derniers lui ont ordonné d'aller voir le lieutenant Dupuis. En personne. « Ce fait est trop important pour le dissimuler », lui avait dit son père.

Mais Karine a peur de ne pas être crue. Pourtant, après une nuit très agitée, la jeune femme a pris sa décision : elle s'habille sobrement, attache ses cheveux avec un élastique et grimpe dans son véhicule en direction de la gendarmerie de Cestas.

Pendant tout le chemin, elle pèse chaque mot qu'elle va prononcer. Elle répète son texte durant de longues minutes, sachant pertinemment qu'une fois sur place, elle en oubliera l'essentiel.

Elle se rapproche du parking de la gendarmerie. Il est presque désert.

Elle inspire profondément tout en récupérant son sac de sa main droite. Elle jette un dernier coup d'œil dans le rétroviseur, sort de la voiture et claque la portière violemment pour se donner un peu de courage.

Une fois à l'intérieur du bâtiment, elle demande au gendarme de faction à parler au lieutenant Dupuis.

Au bout de quelques minutes, l'homme arrive. Solide. Rassurant. Souriant. Elle se sent immédiatement en confiance.

« Mademoiselle Orcière, vous vouliez me voir ? »

Elle bafouille :

« Ce n'est peut-être pas important, mais… Je me trompe peut-être… non, je sais ce que j'ai vu. »

Francis Dupuis sent qu'elle est en proie au doute et cherche à la mettre en confiance :

« Écoutez, chaque élément peut être important. Et si vous êtes là, c'est que vous le jugez utile. Allons dans mon bureau, nous serons plus à l'aise. »

Karine est impressionnée. C'est la première fois qu'elle est invitée à pénétrer à l'intérieur des bureaux d'une gendarmerie. Une certaine fébrilité grandit en elle. Elle se sent importante. Ce lieutenant Dupuis est un homme bien, elle le sent. Lorsqu'ils sont installés, il lui sourit poliment :

« Je vous écoute.

– Quand vous êtes venus chez moi, la dernière fois, il y avait quelque chose qui me dérangeait. Vous savez, quand vous avez une idée qui vous titille, mais qui ne veut pas sortir et que ça vous énerve ? »

Francis acquiesce d'un hochement de tête.

« Eh bien, c'est ce qui s'est passé. Votre collègue, j'étais sûre de l'avoir déjà vue. Je ne savais pas où, mais je m'en suis souvenue… C'était à la soirée. »

Dupuis pousse un soupir de déception. Fanny était à la soirée, ce n'est pas un scoop.

« Effectivement, le major Cipriani faisait partie des invités, vous avez bonne mémoire. »

Karine fronce les sourcils, mécontente. Ce gendarme semble la prendre pour une cruche. Bien sûr qu'elle sait que le major était au vernissage. C'est elle qui a écrit tous les noms et toutes les adresses sur les invitations. *Ne pas s'énerver.* C'est toujours pareil. À chaque trop-plein d'émotions, elle peine à s'exprimer.

« Je ne vous parle pas de ça. Quand mon père m'a déposée, je vous ai dit que je suis passée par-derrière pour ne pas me faire remarquer.

– Oui, par l'arrière-cuisine.

– C'est ça. Pour y accéder, il faut passer par le jardin. Je savais que ce serait une bonne idée. Tous les invités étant à l'intérieur, personne ne m'aurait vue ; mais je me suis trompée. Il y avait du monde. »

Dupuis se redresse, une lueur d'intérêt traverse son regard. Il ne l'interrompt pas. Il aurait trop peur de la déstabiliser. Le voyant suspendu à ses lèvres, elle gagne en confiance et se redresse :

« Mathias était là. Il parlait à une femme, enfin, je dis "parlait" mais ça ressemblait plus à une dispute. Il était en colère et lui a dit quelque chose du genre "ne me dis pas que tu voulais que je quitte ma femme ? Tu m'aimes ?" et elle lui a répondu qu'elle se souvenait des moments qu'ils avaient passés ensemble. J'étais choquée. Vous vous rendez compte ? C'était la soirée d'Aurélie et il avait amené sa maîtresse !

– Aviez-vous déjà vu cette femme ? Vous la reconnaîtriez ? »

Francis est fébrile. Il attrape la liste des invités et s'apprête à la soumettre à la jeune assistante, qui le regarde d'un air triomphant. Elle est fière de l'effet produit par ses derniers mots. Elle prend le temps de détacher chaque syllabe de sa révélation :

« Je n'ai pas besoin de cette liste. Je sais très bien qui c'est. C'est votre collègue, le major Cipriani. »

Le lieutenant Dupuis est estomaqué. Il bredouille :

« Vous… vous êtes certaine de ce que vous avez vu ? »

Karine baisse la tête.

« Je savais que vous ne me croiriez pas. Je ne voulais pas venir. J'ai dit à mon père que c'était une mauvaise idée.

– Ce n'est pas ce que j'ai voulu dire.

– Vous pensez que j'irais inventer un truc pareil ? C'était elle. Et même que Mathias lui a dit qu'il ne divorcerait jamais. Et il l'a plantée là. Elle pleurait et l'a traité de lâche, mais je ne pense pas qu'il l'ait entendue. Toujours est-il que ça m'avait mise encore plus en retard. Alors, j'ai fait demi-tour et j'ai couru de l'autre côté du jardin pour accéder à l'arrière-salle. C'est là que j'ai bousculé quelqu'un ; ça, je vous l'ai déjà dit.

– Je m'en souviens.

– J'ai eu raison de venir, non ? C'est important.

– Vous avez fait ce qu'il fallait. Je vais enregistrer votre déposition, mais je dois vous demander de ne parler de ça à personne.

– Vous pouvez compter sur moi. »

En sortant de la gendarmerie, Karine esquisse un sourire de satisfaction. Elle sait qu'elle a eu raison de venir. Elle n'avait plus le choix. L'étau se resserrait et il était indispensable de détourner les regards de la police et d'offrir un mobile en or à la gendarme. Le plus vieux mobile du monde : la jalousie.

Car Karine n'avait pas dit toute la vérité : elle n'était pas montée dans le bureau pour s'excuser. Elle y était montée pour plaider sa cause une dernière fois…

*Tu me ramasses tout ça et demain matin, je veux te voir au bureau à 8 heures.*

Cette phrase résonnait comme un licenciement. Elle le savait, mais elle n'avait pas enduré toutes ces brimades et ces insultes pour terminer comme toutes ces autres filles. Il était inenvisageable pour elle de perdre ce travail, et elle avait peut-être trouvé un moyen de faire plier sa patronne : elle l'avait vue un jour, ranger précipitamment un dossier dans son bureau. Il lui avait été facile de lui en emprunter la clé et de regarder ce qu'il y avait à l'intérieur. Et c'est pour cette raison qu'elle était montée la voir, le soir du vernissage, vers 20 heures. Pour lui faire comprendre qu'il était dans leur intérêt commun que l'incident des bouteilles demeure sans conséquence.

## 27

*22 mars 2022*

Après le départ de Karine Orcière, Dupuis s'enferme dans le bureau qui est le sien désormais.

Il a besoin de réfléchir : jusqu'à quel point Fanny est-elle impliquée ? Il l'ignore. Mais elle doit être considérée comme une suspecte puisqu'elle avait, elle aussi, des raisons d'en vouloir à la victime.

Il peste. Comment a-t-elle pu manquer à ce point de discernement ? Même si rien n'interdit les relations entre gendarmes, elle aurait dû, à la découverte du cadavre de la victime, immédiatement lui en parler.

Comment présenter cet élément au reste de l'équipe ?

Il se frotte les yeux comme à chaque fois qu'il est sous tension. Les gendarmes en charge de l'enquête doivent se réunir dans moins de dix minutes.

Il se lève et s'installe le premier dans la salle de réunion.

Ses collègues arrivent les uns après les autres. L'atmosphère est bon enfant. Chacun profite des quelques minutes qui précèdent le briefing pour décompresser, qu'il s'agisse de prendre un café ou de raconter des anecdotes de plus ou moins bon goût. Lorsque Fanny entre, Francis ne peut s'empêcher de l'observer. Elle s'assoit au fond de la salle et se balance sur sa chaise, un mug entre les mains.

Il est l'heure. Les gendarmes se taisent spontanément. Francis se lève. Au moment de prendre la parole, la porte s'ouvre avec fracas et Maxime Labrosse déboule en trombe. Il semble à la fois excité et bouleversé. Tous ont les yeux rivés sur lui.

« On a du nouveau. L'ADN trouvé sous les ongles d'Aurélie a parlé. Vous n'allez pas me croire… C'est celui de Mathias. »

Ses collègues peinent à cacher leur stupéfaction. Beaucoup enragent. Fanny, elle, secoue la tête, ne voulant pas croire ce qu'elle vient d'apprendre. Elle jette un œil suppliant vers Francis, qui consulte les documents que lui a remis Labrosse. Lorsqu'il relève enfin la tête, c'est à elle qu'il s'adresse, d'un ton glacial :

« Le doute n'est plus permis. C'est bien l'ADN de Mathias Clavery qui a été retrouvé sous les ongles de la victime. Fanny, je vais te demander de sortir de la pièce. Tu ne fais plus partie de l'enquête.

– Hein ? Qu'est-ce qui t'arrive ? C'est n'importe quoi ! Cette histoire d'ADN ne prouve rien ! Il doit forcément y avoir une explication, putain ! C'est de Mathias que l'on parle, là.

– Tu te lèves et tu sors d'ici. Tu nous as caché des éléments primordiaux. Tu nous as sciemment dissimulé ce qu'il nous manquait, à savoir, un mobile. »

Fanny, qui s'est levée, se fige sous les regards interrogatifs de ses collègues.

*Non, non… Ça ne peut pas arriver. Pas maintenant.*

Elle regarde Francis d'un air suppliant.

*Il faut qu'il se taise. Il ne doit rien dire aux gars.*

Il la regarde durement :

« “Pour la patrie, l'honneur et le droit”, ça signifie encore quelque chose pour toi ? »

Fanny ravale ses larmes. Dupuis ne lui épargnera aucune humiliation. Elle aimerait disparaître sous terre. Il continue :

« Le major Cipriani a failli. Elle nous a caché qu'elle entretenait une liaison avec Mathias Clavery, dissimulant de ce fait qu'elle était une suspecte potentielle. Fanny, tu rentres immédiatement chez toi.

– Non ! Tu te trompes. Vous vous trompez tous ! »

Elle pointe un doigt accusateur vers Dupuis :

« Si je n'ai rien dit, c'est que depuis le début tu as trouvé que Mathias était un coupable idéal. Tu as tout fait pour qu'il se sente cerné et obligé de fuir. Tout ça parce que tu n'as jamais pu le sentir ! Avoue !

– Comment oses-tu dire ça ? Mathias est notre capitaine. Je suis un militaire et je respecte l'autorité et la hiérarchie. Je ne suis pas un cow-boy comme ces flics de Bordeaux, moi.

– Je n'étais pas là quand Mathias est arrivé, mais je sais parfaitement comment vous l'avez accueilli. Personne ici ne pourra dire le contraire. Le fils blindé d'une grande famille de vignerons n'avait rien à faire dans une gendarmerie. Vous ne l'avez jamais considéré comme l'un des vôtres. Il a fallu qu'il fasse ses preuves et à la moindre erreur, vous vous teniez prêts à le crucifier.

– O.K., d'accord, le courant n'est jamais tellement passé entre lui et moi, je l'avoue, mais c'était un bon chef. Je le respectais, car il était droit dans ses bottes jusqu'à ces derniers jours. Fanny, tu dois être sincère. Si cela avait été n'importe qui d'autre que Mathias, il serait déjà en garde à vue et déféré devant le juge. Son ADN est la dernière preuve qu'il nous manquait. Il a un trou dans son emploi du temps. Il a reçu un gnon aux environs de l'heure du meurtre. Il a un mobile…

Tu veux que je t'explique ce qui s'est passé ? Ils se sont disputés, peut-être même à ton sujet, il l'a frappée. Elle s'est défendue et il l'a achevée. Ce n'était certainement pas prémédité, mais il l'a fait. Et toi, maintenant, tu rentres chez toi. Je ne veux plus te voir sur cette enquête, sinon on risque le vice de procédure. Alors, dehors ! »

Fanny tente de répondre, mais Dupuis l'interrompt d'un geste de la main sans équivoque.

« Dehors ! Tu nous as trahis. Comment as-tu osé nous regarder en face tout en nous faisant perdre un temps précieux. Tu devrais avoir honte. Je te préviens, on ne te couvrira pas. Et si j'apprends que tu as essayé de te rancarder sur l'affaire, ça pourrait vraiment mal se terminer pour toi. »

Dupuis se retourne sans un regard pour son major et s'adresse à ses hommes, laissant Fanny seule et désemparée. Cette dernière, au bout de quelques secondes, se décide à quitter le bureau dans l'indifférence générale. Une fois la porte fermée, Labrosse, visiblement perturbé, se dirige vers Dupuis, et lui murmure quelque chose à l'oreille. Le visage du lieutenant se fige puis se contracte :

« Aucune erreur possible ? Le labo est sûr de lui ?

– À cent pour cent. Ils ont bien retrouvé des poils de chien sur les vêtements d'Aurélie Clavery et ces poils appartiennent à une race bien précise : des bouledogues français.

– Les chiens de Fanny…

– Exact. Mais, lieutenant, c'est Fanny qui a sécurisé la scène de crime. Elle s'est approchée d'Aurélie aussi à plusieurs reprises lors du vernissage. C'est tout à fait possible qu'un transfert se soit effectué à ce moment-là. On ne peut pas soupçonner Fanny. C'est impossible. Quel mobile aurait-elle eu ?

– Jusqu'à aujourd'hui, aucun. Mais après ce que nous venons d'apprendre… le plus vieux mobile de la terre… la jalousie… »

*

Dans les vestiaires, ne se doutant pas de la nouvelle que son équipe vient de recevoir, Fanny Cipriani récupère son sac et rentre chez elle.

Roméo et Elvis, peu habitués à la voir revenir aussi tôt, lui font la fête. Ne souhaitant pas être dérangée, elle éteint son téléphone et sort promener ses chiens dans le parc situé à proximité de son appartement. Il est à peine 11 heures, il n'y a personne en vue. Elle les détache et les regarde gambader tranquillement devant elle. À intervalles plus ou moins réguliers, ils font demi-tour et viennent à ses côtés. *Papa a vraiment raison, ils sont plus fiables que les hommes.*

Tout en marchant, elle repense à sa situation. Elle n'aurait jamais imaginé être mêlée à cette histoire autrement qu'en tant que témoin, mais elle l'a vu dans les yeux de ses collègues : elle pourrait être le mobile de l'assassinat d'Aurélie Clavery ou pire, devenir suspecte. Comment en est-elle arrivée là ? Elle s'en veut terriblement, mais ne peut rien y faire. Il ne lui est pas difficile d'imaginer les différents scénarios qui sont en train d'être étudiés à la brigade.

Le premier, le moins lourd, serait qu'elle soit considérée comme étant la cause de l'assassinat d'Aurélie. Aurait-il été possible que la femme de Mathias surprenne leur discussion dans le jardin et exige une explication ? Elle a beau tourner et retourner cette théorie dans sa tête, elle ne colle pas. Mathias n'est pas un homme violent ou colérique. Et même si Aurélie avait surpris des bribes de leur échange, elle serait intervenue immédiatement. Elle ne semblait pas douée d'une patience hors du commun. Et puis, c'est de Mathias qu'il s'agit. Non, décidément, ça ne tient pas.

Ses collègues peuvent aussi voir en elle une suspecte potentielle. Si le meurtrier se trouve en général dans l'entourage proche de la victime, la maîtresse bafouée est aussi un grand classique. Mathias ne voulant pas divorcer, elle se serait débarrassée de sa femme. Mais, heureusement, il y a les vidéos. Elle y figure fréquemment. À l'exception du moment où elle était avec Mathias dans le jardin… évidemment…

Fanny a le cœur serré. Elle sait que ces deux pistes seront étudiées avec une attention particulière et elle ne peut le supporter. Elle s'en veut. Tout ce temps passé à se faire une place dans l'équipe, à être respectée par ses collègues. Tout est parti en fumée pour une simple histoire de cul. Non. C'était beaucoup plus que ça, mais ils n'en sauront rien. Personne n'en saura jamais rien. Cela ne ferait qu'enfoncer davantage Mathias et ce n'est pas le moment.

Elle rappelle ses chiens et rentre à son appartement. En allant se laver les mains, elle croise son reflet dans le miroir de la salle de bains. Ses yeux sont cernés, gonflés d'avoir trop pleuré. Des taches rouges parsèment, çà et là, la peau de son visage et de son cou. Ses mains tremblent et les extrémités de ses doigts sont douloureuses ; tous ses ongles sont rongés jusqu'à la peau. Qu'elle aimerait être chez elle, en Corse, choyée par ses parents !

En cet instant, l'éloignement de sa famille lui pèse bien plus que d'habitude et, submergée par ses émotions, elle éclate en sanglots.

Elle se dirige vers son salon en reniflant, ouvre un placard fermé à clé, en sort une bouteille de P&M tourbé[1], cadeau de son père et s'en verse un verre. Le premier d'une journée qui sera bien trop longue à son goût.

---

1 Whisky single malt originaire de Corse.

## 28

*23 mars 2022*

Maître Ventura est un homme méticuleux. Qu'il s'agisse de l'agencement de son bureau ou de son apparence, rien n'échappe à son attention. Le cabinet Ventura Lepel Cointet est situé cours de l'Intendance en plein centre-ville, au premier étage d'un immeuble en pierres bordelaises. On y accède par un large escalier en calcaire à Astéries, typique de la région. La porte en bois massif s'ouvre sur un hall d'accueil qui fait office de salon d'attente et dessert quatre portes. La troisième, la plus à droite, est celle de Maître Ventura. Ce n'est pas un hasard. Elle est située à l'angle de l'immeuble et possède quatre larges fenêtres qui laissent passer une lumière diffuse au travers d'épais voilages.

Le bureau de l'avocat est de belle taille. Un grand canapé Chesterfield en cuir est placé à proximité d'une impressionnante bibliothèque dans laquelle se mêlent des livres de droit, des classeurs noirs et des classiques de la littérature française et anglophone.

Maître Ventura, costume toujours impeccable et lunettes sur le front, est à son bureau. L'homme qui lui fait face est le seul membre de la famille Clavery qu'il n'avait pas encore rencontré : Augustin. L'avocat s'éclaircit la voix :

« Votre frère, mon client, m'a autorisé à vous parler librement de son affaire. C'est l'unique raison pour laquelle j'ai accepté de vous recevoir.

– J'imagine que vous devez faire un compte-rendu régulier à mon père. Il n'est pas homme à accepter d'être tenu à l'écart.

– Détrompez-vous. Votre père m'a engagé afin de servir les intérêts de Mathias. Lui seul est mon client. De plus, votre frère ne tient pas à ce que je le mette au courant de notre stratégie.

– C'est curieux. Pourquoi donc ?

– Il semblerait qu'un… différend ait terni l'affection que votre père éprouvait pour Aurélie. Mathias craint que cela n'ait causé, plus ou moins directement, la mort de sa femme. Il m'a donc demandé de le tenir à l'écart.

– Je le reconnais bien là. La haine est tenace dans cette famille. Mais je ne suis pas venu pour ça. Que pouvez-vous me dire sur notre affaire ?

– Je vais être franc : les choses sont bien mal engagées. Les notables arnaqués par Aurélie Clavery ont été écartés un à un de la liste des suspects. Tout comme son associé et sa jeune assistante. Aucun invité n'avait de mobile. Tout semble désigner Mathias.

– Pouvez-vous être plus clair ?

– J'ai appris que c'est son ADN qui a été trouvé sous les ongles de la défunte. Lui et Aurélie n'avaient pas d'enfants, il devient donc propriétaire de la moitié de la galerie Dubuisson, ce qui est loin d'être négligeable.

– Négligeable ? Mon frère n'a pas besoin de ça, c'est un Clavery.

– Détrompez-vous. Sa fortune personnelle était moindre que celle de son épouse. Il a toujours refusé d'être aidé par vos parents. Question de fierté, peut-être…

– C'est étonnant. »

Augustin réfléchit. Il n'avait pas connaissance de cet élément et avait tout naturellement imaginé que son frère, en qualité de fils préféré, avait bénéficié des largesses de leur père.

« Oui, et ça n'arrange pas ses affaires.

– Comment ça ?

– Nous avons un homme qui vit aux crochets de sa femme. C'est une situation qui créerait des tensions chez de nombreux couples.

– Mais pas chez Aurélie et Mathias. Ils s'aimaient. Et Mathias ne vivait pas à ses crochets. Il est gendarme.

– Et elle vendait des œuvres qui valaient plusieurs dizaines de milliers d'euros. Cela fait une sacrée différence de niveau de vie. Comprenez bien que j'essaie uniquement de me mettre dans la position de la gendarmerie. Ajoutez à cela le fait qu'il ne se souvienne ni de ce qu'il a fait durant plus de trente minutes, ni de la manière dont est apparu cet hématome, et vous avez un suspect de première main.

– Mais il n'en est nullement responsable. Il vous l'a expliqué, non ?

– Le syndrome de Stendhal, je sais. Et c'est la raison pour laquelle nous allons changer de stratégie.

– C'est-à-dire ?

– Nous allons plaider l'irresponsabilité. Avec cette pathologie inconnue du grand public, nous pouvons expliquer son absence. Je me suis un peu renseigné et ce syndrome peut aussi engendrer des crises de paranoïa, des hallucinations, un sentiment de persécution, voire une perception délirante chez les sujets sensibles.

– Et Mathias est un sujet sensible…

– Tout à fait, compte tenu de son accident et des longues semaines de coma qui ont suivi, il a gardé depuis l'enfance une extrême sensibilité neuronale. Bref, tout ceci peut se prouver et s'il est reconnu irresponsable, il ne pourra donc pas être jugé.

– Je comprends votre stratégie, maître, mais Mathias est-il au courant ? Il est innocent et, à vous entendre, vous le considérez comme un coupable.

– Mon métier n'est pas de chercher s'il est coupable ou pas. C'est le travail de la gendarmerie de trouver des indices. Mon rôle est de permettre à Mathias de ne pas aller en prison, et franchement, à la lecture de son dossier, je peux vous assurer que toutes les charges sont contre lui. En plaidant l'irresponsabilité, on lui évite le pire.

– Je pense que pour lui, le pire, ce serait l'asile psychiatrique.

– Cela ne lui arrivera certainement pas. Je vais vous lire un extrait de l'article 122-1, “n'est pas pénalement responsable la personne qui était atteinte, au moment des faits, d'un trouble psychique ou neuropsychique ayant aboli son discernement ou le contrôle de ses actes”. Mais désormais on distingue deux situations : la première est l'irresponsabilité de la personne atteinte de troubles ayant aboli son discernement ou le contrôle de ses actes. La seconde est la responsabilité *atténuée* de la personne atteinte de troubles ayant *altéré* son discernement ou bien *entravé* le contrôle de ses actes. »

Maître Ventura a porté volontairement l'accent sur ces trois mots, souhaitant démontrer à Augustin toute leur importance.

« Et cela fait évidemment une grande différence. Si l'on fait rentrer Mathias dans ce second cas, on lui évite la prison, l'asile et il pourrait même être acquitté.

– Je n'en reviens pas. Il serait libre ?

– S'il accepte de suivre un traitement, certainement. Peut-être devra-t-il payer des dommages et intérêts, car il demeure tout de même civilement responsable. Mais il ne fait aucun doute que vos parents paieront. Votre père a été clair sur ce point : la fortune de la famille est à la disposition de votre frère, si nécessaire. Si les choses se déroulaient ainsi, il devrait très certainement quitter la région, pour sa sérénité, mais il pourrait reconstruire sa vie ailleurs.

– Et c'est tout ?

– C'est tout, et je pense que c'est vraiment la meilleure solution.

– Sauf qu'il est innocent.

– Augustin, la prison regorge d'innocents. Vous préférez voir votre frère sortir libre ou finir ses jours en prison ?

– Il ne pourra plus être gendarme ? »

Maître Ventura acquiesce d'un hochement de tête.

« Effectivement, mais il pourra toujours rebondir. Vous le savez aussi bien que moi. C'est un Clavery.

– Il faut en parler avec lui. Je ne suis pas convaincu qu'il accepte votre proposition.

– Augustin, vous êtes certain que votre frère est innocent ? »

Augustin jette un regard perçant en direction de l'avocat.

« Certain.

– J'ai appris également une autre information. Avec l'ADN retrouvé sous les ongles de la victime, la scientifique a découvert des poils de chien. Le major Cipriani possède deux chiens de cette même race. Pour le moment, elle est écartée de l'enquête, mais rien ne prouve qu'ils ne s'intéressent pas à cette piste dans un avenir proche.

– Fanny a discuté avec Aurélie. Elle était sur la scène de crime. Elle a certainement touché son corps… Et je la connais un peu maintenant. Elle cherche par-dessus tout à innocenter Mathias. C'est impossible. Elle ne peut pas être coupable.

– C'est bien ce que je vous dis depuis tout à l'heure… L'irresponsabilité est notre seule chance de sauver la tête de votre frère. Ce sera à lui de choisir. »

Lorsqu'il sort du cabinet, Augustin décide de marcher un peu. Il a besoin de réfléchir…

Une chose le dérange. Son père ne leur a pas dit toute la vérité sur la soirée. Se pourrait-il qu'il ne soit pas sorti fumer le soir du vernissage, mais qu'il soit monté parler à Aurélie ?

Aurait-il vu Mathias quitter la pièce ?

Augustin s'interroge.

Cela expliquerait bien des choses : son mensonge et le fait qu'il n'ait pas été voir son fils à l'hôpital ne serait-ce qu'une seule fois.

# 29

*23 mars 2022*

Totalement désemparé suite à son entrevue avec Maître Ventura, Augustin décide d'aller rendre visite à Fanny.

La personne qu'il avait rencontrée la première fois n'a plus rien à voir avec celle qui se présente face à lui. Le regard dans le vide, le dos voûté, les cheveux en bataille, la jeune femme semble perdue. Désorientée. Abattue. Avec son bas de survêtement gris et son débardeur blanc, elle ressemble à une adolescente dont le monde se serait écroulé en quelques secondes. Elle avait construit toute sa vie autour de son travail. Tous ces sacrifices endurés, supportés pour la brigade. Toutes ces nuits passées à planquer dans des endroits sordides. Ces réveillons de Noël ou du 31 devant son bureau à scruter un téléphone dont la sonnerie ne retentira que pour un état d'ébriété sur la voie publique ou bien une mamie esseulée ressentant le besoin de parler. Impossible pour elle de voir tout cela disparaître à cause d'une relation sans lendemain.

« Ça n'a pas l'air d'aller bien fort, Fanny.

– J'ai été mise à pied. Ils ont découvert que j'avais eu une liaison avec Mathias. C'est une catastrophe.

– Comment l'ont-ils appris ?

– J'imagine que quelqu'un a dû nous entendre dans le jardin, ce soir-là. À moins que… »

Elle le regarde d'un air soupçonneux.

« Tu étais le seul à savoir.

– Non, mais tu débloques complètement ! On recherche la même chose.

– Pardon. Je ne sais plus à qui me fier. Le chef m'a demandé de rentrer chez moi et d'attendre ma sanction. Qu'est-ce que je vais devenir si je n'ai plus ce boulot ?

– Arrête de dramatiser. Dupuis est certainement vexé. Tu n'as rien fait de mal.

– J'ai trahi l'équipe. J'aurais dû leur avouer ma relation dès le premier jour. J'aurais été écartée de l'affaire.

– Et tu aurais abandonné Mathias. Au poste, il n'y a que toi qui crois en son innocence. Tu as abattu un travail de titan. Et franchement, vous avez couché ensemble une seule fois. On ne peut pas parler de relation à ce stade. Non ?

– Ils vont tout fouiller et je ne peux pas leur en vouloir. J'ai un mobile désormais. J'en voulais à Aurélie. Je ne l'aimais pas. Je peux être suspectée au même titre que Mathias.

– Que savent exactement les gendarmes ?

– Ce que nous nous sommes dit cette soirée-là.

– C'est-à-dire ?

– Que je ne me satisfaisais plus de cette relation, que je désirais plus que ça.

– Et c'est là qu'il t'a dit qu'il ne quitterait jamais Aurélie ?

– Oui. Alors, je lui ai rappelé ce qu'il m'avait confié cette nuit-là, qu'il n'était plus aussi heureux que ça avec elle, qu'il songeait parfois même à la quitter. On s'était embrassés et puis... »

Une petite boule vient se loger au fond de sa gorge, l'empêchant presque d'avaler.

« Et puis nous avons passé une nuit merveilleuse. Pour moi, cela représentait beaucoup plus qu'une simple histoire de cul. Et ce soir-là dans le jardin, je lui ai avoué que je l'aimais.

– Et que t'a-t-il répondu ?

– "Je suis un Clavery. Et chez les Clavery, on ne divorce pas."

– Moi qui croyais que Mathias était différent de mon père... Je suppose qu'il n'imaginait pas qu'une nuit d'adultère suffirait à te convaincre qu'il quitterait sa femme. Rassure-moi, il n'y a eu qu'une nuit ? »

Fanny ne répond pas, désemparée. Elle ne sait plus quoi penser. Elle se pelotonne dans son canapé. Ses chiens l'imitent immédiatement et posent leurs têtes sur ses cuisses. Elle se demande à quel moment cela a dérapé : lorsque, grisée par l'alcool, elle avait couché avec Mathias ou bien lorsqu'ils avaient continué en dépit des conséquences ? Ils s'étaient montrés prudents, pourtant. Irréprochables au travail, n'échangeant jamais de SMS. Rien. Lorsque Mathias annonçait au détour d'une conversation, à la brigade, que sa femme était en déplacement à l'étranger ou allait assister à un concert, elle savait que le soir, il serait là. À l'appartement.

Au fil du temps, elle avait senti qu'ils étaient liés, qu'ils se comprenaient sans même avoir à se parler. Elle avait cru que l'amour qu'elle ressentait pour lui était réciproque. Il y a des signes qui ne trompent pas. Elle avait deviné qu'il était malheureux. Une femme reconnaît ces choses-là. Lorsqu'il l'avait repoussée, le soir du vernissage, une vague de douleur l'avait envahie et submergée. Elle avait été sonnée. Puis il était parti. Elle avait ravalé ses larmes, repris une certaine contenance et était revenue dans la salle. Elle avait bu deux ou trois coupes de champagne. Il ne lui en fallait pas plus pour se désinhiber et trouver le courage de discuter avec des gens qui n'étaient pas de son monde. Elle était sur le point de prendre congé lorsque le corps d'Aurélie avait été découvert.

Lorsqu'elle avait vu la femme de son amant, sans vie, baignant dans son sang, elle avait immédiatement éprouvé une sorte de soulagement. Comme elle s'en était voulu par la suite !

Depuis l'enterrement, elle se prenait à rêver du jour où, enfin innocenté, Mathias pourrait vivre avec elle. Mais tout cela devait rester caché…

Fanny sent qu'Augustin ne la quitte pas des yeux, alors elle le regarde. Elle sait qu'il ne la jugera pas :

« Tu sais pourquoi je me bats avec autant d'acharnement pour prouver son innocence ? »

Augustin ne répond pas, attendant sa réponse.

« Parce que, pour lui, il me l'a souvent répété, la parole donnée est sacrée. Ça peut sembler très con, mais c'est comme ça. Alors O.K., il l'a trompée, mais il n'aurait jamais pu lui faire du mal. J'en suis absolument convaincue.

– La situation est différente maintenant puisqu'il n'a plus besoin de penser à divorcer. »

Fanny secoue la tête. Il faut qu'Augustin comprenne.

« Tu ignores ce que ça fait d'être une femme dans un monde d'hommes. Mon père était gendarme, lui aussi. Il a toujours voulu un fils, mais manque de pot, c'est moi qui suis arrivée. Commence pas à t'imaginer qu'il m'a élevée comme un gars ou qu'il m'en a fait baver. Rien de tout ça. Pour lui, j'étais sa petite princesse.

Rien n'était trop beau pour moi. Mais, tu sais, en grandissant, quand je jouais à la caserne avec les enfants de ses collègues, je voyais les regards qu'il lançait aux garçons. Des regards dans lesquels se mêlaient l'admiration et l'envie. Enfin, c'est comme ça que je le percevais.

« Alors je me suis promis qu'un jour, c'est moi qu'il regarderait ainsi. Et j'ai décidé de tout faire pour entrer dans la "maison". Lorsque j'ai réussi, il a payé sa tournée au bar et a accroché ma photo en uniforme dans le salon pour que tout le monde puisse la voir.

« Mathias, il était un peu comme moi. Je sentais qu'il avait des choses à prouver. À votre père qui, même s'il avait accepté la carrière de son fils, aurait préféré qu'il travaille avec lui ; et à sa femme aussi. S'il n'a pas voulu s'engager avec moi, c'est pour ne pas lire la déception dans les yeux de ses proches, tout comme je me refuse à la voir dans les yeux de mon père. Si, malgré tout ça, je continue à croire en lui, c'est que c'est un homme droit, qui ne ferait jamais quelque chose qui soit contraire à ses principes. Alors, qu'il ait trompé sa femme, au fond, ce n'est pas le plus grave. Ce qui importe, c'est qu'il ne l'a pas tuée. »

## 30

*23 mars 2022*

Mathias s'impatiente. Cela fait trois jours qu'il n'a aucune nouvelle de Fanny ou d'Augustin. Il se demande où en est l'enquête. Aucun de ses collègues n'est venu le voir hormis Fanny. Le gendarme de faction ne lui adresse pas la parole. Conscient que l'opinion publique peut être influencée dans un sens ou dans l'autre par un article soigneusement tourné, il est très préoccupé de ne pas savoir ce qui se dit dans la presse à son sujet.

La porte s'ouvre : Augustin. Mathias le regarde, les yeux emplis d'espoir, mais le visage de son visiteur demeure fermé.

« Gustin, qu'est-ce qui se passe ? »

Son frère prend le temps d'ôter sa veste, de tirer une chaise et de s'asseoir, avant de lui répondre froidement :

« Je pensais que tu me faisais confiance. Assez confiance pour te confier à moi, mais surtout, pour ne pas me mentir.

– Mais j'ai toujours été honnête avec toi ! Je ne t'ai jamais menti.

– On sait tout, Mathias. On sait que tu as couché avec Fanny. Ton avocat le sait et tes collègues aussi.

Un témoin vous a entendu vous disputer pendant le vernissage. Une rupture entre amoureux. Voilà comment la chose a été évoquée. »

En entendant ces mots, Mathias crispe ses mains sur son lit. Son monde est en train de s'écrouler.

« Non, ce n'est pas ce que vous croyez.

– Et qu'est-ce que je devrais croire à ton avis ? Tu m'as regardé droit dans les yeux et tu m'as menti, encore une fois. Comme avant. C'est à croire que nos années de séparation n'ont servi à rien. Tu modifies toujours la vérité comme ça t'arrange, sans penser aux conséquences.

– C'est faux. Je ne pensais pas que c'était important.

– Ne me prends pas pour un con ! Si ce n'était pas important, tu en aurais parlé. Toi, mieux que quiconque sait ce qui doit être dit ou pas. As-tu seulement pensé à Fanny ? Elle t'a couvert et résultat, elle a été mise à pied. As-tu seulement pensé à maman quand elle saura que tu trompais ta femme ? Et à la mère d'Aurélie qui vient d'enterrer sa fille unique, tu y as pensé aussi ? Non, comme toujours ! Je ne sais pas ce qui me retient de me barrer et de te laisser te démerder puisque tu sais ce qui est important ou pas.

– Non, s'il te plaît. »

Augustin le regarde d'un air mauvais. Mathias se fait suppliant :

« J'ai déconné, je le sais. Mais je ne pourrais pas y arriver sans toi. Si j'avais su que ça se retournerait contre Fanny, j'aurais parlé, je te le jure.

– Comment pourrais-je te croire ?

– Bon sang, Augustin ! J'ai tout perdu. Je n'ai plus rien. J'ai couché avec Fanny, c'est vrai, mais j'aimais ma femme. Je n'ai jamais imaginé la quitter, ne serait-ce qu'une fois.

– Alors pourquoi ? Pourquoi l'avoir trompée si tu l'aimais autant que tu le dis ? »

Mathias est incapable de lui fournir une explication. Les mots restent bloqués au fond de sa gorge. La douleur est bien trop présente. La culpabilité et la honte, aussi. Il se prend alors la tête entre les mains puis cogne d'un coup de poing rageur les barreaux de son lit.

« Je suis vraiment trop con…

– Arrête, tu ne crois pas que tu es déjà assez abîmé comme ça. Écoute, je suis allé voir ton avocat. On a peut-être une bonne nouvelle. »

Le regard de Mathias se transforme soudain radicalement.

« Il souhaiterait changer de stratégie et plaider l'irresponsabilité.

– L'irresponsabilité ?

– Ton syndrome de Stendhal peut t'éviter la taule, en gros.

– Mais je n'ai rien fait. Je ne veux pas aller chez les dingues !

– C'est à toi de choisir, mais ton avocat ne semble pas franchement confiant compte tenu des charges qui pèsent contre toi. Dans l'état actuel des choses, c'est l'homicide volontaire qui est mis en avant. Et le pire qu'il puisse arriver, c'est que l'avocat général le requalifie en assassinat. Je ne te fais pas de dessin. “Assassinat” signifie préméditation. Tu pourrais en prendre pour trente ans.

– Mais putain, je n'ai rien fait ! Quand j'étais dans le bureau avec Aurélie et qu'on se disputait, j'ai entendu un bruit dans la pièce d'à côté. Au départ, je pensais qu'un objet était tombé, mais plus j'y pense, plus je suis convaincu que quelqu'un nous espionnait.

C'est pour cela que j'ai pris peur et que je me suis enfui.

– Et tu n'en as jamais parlé à quiconque ? Si cette personne existe, soit c'est un témoin qui pourrait t'innocenter, soit c'est elle qui a tué Aurélie.

– Et plus j'y réfléchis, plus je me dis que ce pourrait être Karine, l'assistante. Aurélie était folle de rage contre elle et voulait la virer. Elle me l'avait dit à demi-mot. C'est un sacré mobile, non ?

– C'est clair. Je vais en toucher deux mots à ton avocat. Si on met le doute dans la tête des jurés, on peut gagner. Mais si jamais ça ne fonctionne pas, je reste convaincu qu'il va te falloir de sacrées circonstances atténuantes… »

Mathias redresse la tête. Des circonstances atténuantes, il en aurait, évidemment, mais souhaite-t-il vraiment passer aux aveux ?

« Je vois bien que tu me caches encore quelque chose. Parle, bon sang ! On ne va jamais s'en sortir, sinon. »

Mathias prend une profonde inspiration. Il sait qu'il n'a plus le choix.

« Tu m'as demandé tout à l'heure pourquoi je trompais Aurélie alors que je l'aimais ?

– C'est effectivement une question qui mérite une réponse.

– Promets-moi d'abord de garder tout cela pour toi, s'il te plaît. Ne dis rien à personne. Tu m'entends ? À personne !

– Je te le promets.

– Je l'aimais passionnément. Depuis le premier jour. Mais notre relation était très compliquée. Je ne sais pas vraiment comment te dire ça, mais Aurélie avait une certaine emprise sur moi. Je me suis toujours senti inférieur à elle. Je me suis souvent demandé pourquoi elle m'avait choisi, moi, un simple gendarme, et pas un type blindé, collectionneur d'art.

– Tu n'étais pas encore gendarme quand vous êtes tombés amoureux ?

– Non, je sais, mais je n'arrive pas à comprendre pourquoi elle est restée avec moi pendant tout ce temps. J'essayais toujours de faire le maximum pour la rendre heureuse, mais elle en demandait toujours plus. Je ne parvenais plus à la satisfaire. Elle détestait mon manque d'ambition.

– Je ne vois pas vraiment où tu veux en venir.

– Elle était très exigeante. De plus en plus exigeante, et lorsqu'elle n'obtenait pas satisfaction, elle pouvait se montrer cassante. Humiliante.

– Et tu ne réagissais pas ? Tu te laissais faire ? »

Mathias baisse le regard, à l'image d'un petit garçon pris les doigts dans un pot de confiture.

« Bon, elle était cassante, et alors ? Elle ne te battait pas, c'est déjà ça », ricane Augustin.

Mathias le mène en bateau encore une fois, il en est certain. Comment croire qu'un gendarme de plus d'un mètre quatre-vingts puisse être impressionné par Aurélie… Mais rapidement, son sourire s'éteint lorsqu'il s'aperçoit que son frère reste silencieux, tétanisé de peur, ou serait-ce de honte ? Il doit en avoir le cœur net :

« Mathias, rassure-moi. Ces humiliations n'étaient que verbales ? »

Mathias secoue la tête de droite à gauche, lentement. Résigné. Blessé.

« Non.

– Elle te frappait ? »

Il acquiesce en silence.

« Souvent ?

– Pas souvent, mais lorsqu'elle était énervée, cela lui arrivait.

– Et tu n'as jamais rien dit ? Tu ne t'es jamais défendu ? »

Mathias retient sa respiration et fixe son frère droit dans les yeux :

« Si. Une seule fois… »

## 31

*8 mars 2022, le soir du meurtre*

À l'instant où Mathias propose à Fanny de l'accompagner au vernissage, il le regrette presque aussitôt. Une invitation qui ne revêt aucun caractère professionnel et qui risque par la même occasion d'éveiller les soupçons d'Aurélie. Ils ont été tellement prudents jusqu'à présent qu'il serait stupide que leur relation soit découverte aujourd'hui.

Mais cela est plus fort que lui. Il a besoin de Fanny. Cette dernière le réconforte. Il se sent vraiment bien à ses côtés. Elle est douce, prévenante, aimante. L'exact opposé de sa femme. Mais l'amour et la passion ne se commandent pas. Malgré cette attraction bien réelle qu'il ressent pour Fanny, il est toujours amoureux de sa femme. Amoureux transi.

Il redoute aussi que sa maîtresse ne se contente plus de jouer *Back Street*[1] très longtemps, mais il souhaite profiter de ces moments d'évasion, tant que cela est encore possible.

---

1 Film dramatique américain qui retrace l'histoire d'une jeune femme tombée amoureuse d'un riche banquier marié et qui acceptera par amour de rester dans l'ombre toute sa vie.

Cette robe rouge l'attire comme un aimant. Il sait parfaitement qu'elle l'a achetée pour lui faire plaisir.

Fanny a bien compris le pouvoir qu'elle exerce sur son capitaine lorsqu'elle surprend son regard posé sur ce décolleté plongeant laissant apparaître un dos nu, et elle en joue. Un jeu bien dangereux, mais à cet instant précis, tout lui est égal. Elle n'attend qu'une chose : qu'il la prenne dans ses bras et qu'il l'embrasse fougueusement comme il sait si bien le faire. Ne plus penser à rien. La brigade n'existe plus. Aurélie n'existe plus. Ils sont seuls au monde.

En pleine discussion avec un illustre inconnu, Fanny hume le parfum enivrant de son amant qui approche à pas de loup. Dès qu'ils en ont la possibilité, le « couple » quitte la salle pour se diriger vers le jardin.

Mais les quelques minutes de plaisir que Mathias pensait s'octroyer à l'abri des regards se transforment rapidement en règlement de comptes. Reproches. Ultimatum. Esquive. « Je suis un Clavery. Et chez les Clavery, on ne divorce pas. » La messe est dite. Fin de l'histoire.

En revenant dans la pièce principale, Mathias est chamboulé. Il se dirige au hasard vers une peinture sur écorce lorsque sa femme se précipite sur lui, le regard méprisant. Récamier vient de faire un esclandre à l'entrée. « Tu n'es jamais là quand j'ai besoin de toi. » Un énième reproche. Un reproche de trop, peut-être.

Quelques minutes plus tard, ce sont des bouteilles de Château d'Yquem qui volent en éclats. Alors, pour souffler un peu et tenter de faire disparaître toutes ces mauvaises ondes, il se concentre sur une œuvre de son artiste favorite, Abie Loy Kemarre. Une œuvre qui a toujours eu un effet hypnotique sur lui.

En contemplant ces couleurs et tous ces détails, il s'échappe le temps d'un instant. Il s'envole, emportant avec lui ses pensées noires et destructrices. Mais il est soudain pris de vertiges. Une nausée fulgurante lui retourne l'estomac. Une nouvelle crise s'annonce, alors, pour la neutraliser le plus rapidement possible, il décide de sortir respirer.

La porte vitrée est grande ouverte. Un léger souffle d'air frais lui frôle le visage et l'enveloppe avec délicatesse. Inspiration. Expiration. Cinq fois de suite. Il suit les consignes du médecin à la lettre. Une fois son rythme cardiaque redescendu, il amorce quelques pas et tombe sur Aurélie qui semble n'avoir toujours pas décoléré.

« J'ai eu de nouveaux vertiges. »

La jeune femme lui plante un regard glacial au fond des yeux.

« Mais, Mathias, si tu savais combien je me fous de tes vertiges. J'ai vraiment d'autres soucis en ce moment. Il n'y a que toi qui comptes ! Toi, ta brigade, tes vertiges… Récamier vient de me taper un scandale en plein vernissage et cette petite conne de Karine m'a flingué trois bouteilles d'Yquem. Trois mille euros partis en fumée. Alors tu sais où tu peux te les mettre tes vertiges. Je remonte dans mon bureau. J'en ai assez entendu pour ce soir. »

Mathias lui emboîte le pas et grimpe les escaliers pour la rejoindre : il ne souhaite pas laisser sa femme dans cet état.

Aurélie est en train de se recoiffer devant le miroir lorsqu'il pénètre dans la pièce. Il perçoit le sifflement agacé de sa respiration.

« Écoute, je suis désolé… »

Elle écarte sa remarque d'un geste exaspéré et hausse les épaules en levant les yeux au ciel.

« Mais tu es toujours désolé. Sois un mec au moins une fois dans ta vie. Un vrai mec. Mais non, c'est trop te demander. Tu n'es qu'un minable. Un petit gendarme sans envergure. Sans ambition. »

À chaque mot prononcé, le volume monte d'un cran. Mathias reçoit les insultes comme un uppercut, en silence, incapable de la moindre réaction.

Aurélie l'observe, apparemment enchantée par ce spectacle, esquissant un sourire à peine perceptible…

Mais subitement le regard de Mathias se transforme. Une lueur de défi brille désormais dans ses yeux.

La colère fait place à l'étonnement.

Il sent que sa femme est prête à le frapper, une fois de plus, le visage défiguré par la haine.

Toute cette haine qu'elle éprouve envers les Clavery.

Toute cette haine qu'elle garde enfouie depuis tant d'années, et qui parfois déborde et éclate.

Alors, lorsqu'elle lève une nouvelle fois la main sur lui, il attrape fermement son poignet en lui jetant un regard noir.

Surprise par cette réaction inattendue, Aurélie le scrute une seconde, tout d'abord décontenancée puis, reprenant ses esprits, se débat et parvient même à lui asséner un coup. Avec le poing. Comme une signature sur une bête que l'on marque. Il n'est rien.

Mathias porte la main à sa joue. Cette fois, la trace du coup ne pourra être dissimulée par une chemise.

Fou de rage, il décide de riposter. L'heure de la révolte a enfin sonné. Alors, il la frappe à son tour et la projette de toutes ses forces contre la commode.

Malgré ses efforts pour le contrer, Aurélie vacille puis s'écroule. Le choc est violent. Les règles du « jeu » viennent de changer.

Étourdie, elle tente de se relever par deux fois.

Et par deux fois il la repousse vigoureusement.

Elle voudrait crier, mais aucun son ne sort de sa bouche.

Au rez-de-chaussée, le trio de jazz entame les premières notes de *What a wonderful World* lorsque sa tête heurte le rebord de la commode.

Aurélie, sentant ses jambes plier sous son poids, retombe telle une poupée de chiffon molle.

Pendant un bref instant, leurs regards se croisent. Mathias aperçoit un filet de sang qui s'écoule du crâne de sa femme.

Puis le silence. Pesant. Inquiétant.

Plus aucune réaction. Ses yeux sont clos. Son visage livide. Elle est assise, la tête penchée, les bras ballants, tel un pantin désarticulé.

Dépassé par la tournure des événements, le cerveau en déroute, Mathias se précipite sur elle, mais au même instant il perçoit un bruit provenant de la pièce d'à côté.

Paniqué, il décide de fuir par l'issue de secours. Ce n'est évidemment pas la meilleure des choses à faire, il le sait, mais il est incapable d'envisager une autre option dans l'immédiat.

Avant de quitter la pièce, il lui lance un dernier regard. Elle bouge lentement sa main. Il pousse alors un soupir de soulagement.

Il doit se calmer, reprendre ses esprits, faire preuve de logique et retourner dans la salle principale.

Comme si rien ne s'était passé.

*Rien.*

Amnésie. Stendhal. Alibi. Fanny.

## 32

*23 mars 2022*

L'atmosphère de la petite chambre d'hôpital est pesante. Aucun ne souhaite être le premier à rompre le silence. L'orage qui gronde à l'extérieur colore la pièce d'un éclat sombre. Inquiétant. Mathias laisse ses larmes couler sur son visage usé, creusé par la souffrance et les remords. Augustin quant à lui ne le quitte pas des yeux. Le dégoût se sent dans le timbre de sa voix lorsqu'il lui demande enfin :

« Et tu l'as laissée comme ça ?

– Je ne sais pas ce qui m'a pris. J'ai pensé qu'elle était juste évanouie.

– Juste évanouie ? Tu entends ce que tu dis ? On parle d'Aurélie, là. De ta femme, putain !

– Tu crois que je peux l'oublier ? Tu crois que je peux dormir en sachant ce qui s'est passé ?… Mais je ne l'ai pas tuée, je sais qu'elle était encore en vie à mon départ.

– Comment en es-tu certain puisque tu ne t'es pas approché d'elle ?

– Je l'ai juste poussée. Elle s'est cogné la tête. J'ai vu sa main bouger. Elle était en vie. On ne meurt pas de ça, quand même ?

– N'importe quoi ! Et je suppose que tu as inventé cette histoire de syndrome de Stendhal également ?

– Non, ça, c'est vrai. Je me suis senti mal, ce n'était pas la première fois.

– Et qui donc peut le prouver ?

– Aurélie le savait », murmure-t-il.

Le mépris dans la voix d'Augustin est presque palpable, et Mathias ne peut supporter qu'il lui tourne le dos, lui aussi.

« Il faut me croire, Gustin. Elle était en vie lorsque je suis parti.

– Et que penses-tu qu'il se serait passé si elle avait finalement regagné la salle ?

– Je la connais, elle aurait feint de s'être cognée. Les apparences ont la vie dure. Et nous aurions réglé cela plus tard, chez nous.

– Tu entends ce que tu dis ?

– Je sais que je suis dans la merde et si je te confie tout ça c'est que j'ai confiance en toi. Tu dois m'aider. Il n'y a que toi qui puisses le faire.

– Et les parents ?

– Les parents ? Les as-tu vus une seule fois avec moi depuis que je suis à l'hôpital ? Je n'étais pas seul à l'étage. Il y avait quelqu'un. Forcément. J'ai entendu du bruit, c'est ce qui m'a fait paniquer. »

Augustin reste silencieux. Il semble réfléchir, dans la pénombre. Des éclairs, comme autant de flashs, jaillissent de temps en temps, éclairant son visage. Au bout de quelques minutes, il le regarde enfin :

« Je crois qu'il faudrait adopter la stratégie de Maître Ventura.

– Mettre en avant le syndrome ? Cela signifie un aller simple pour l'asile. C'est ça que vous me proposez ? Je te dis qu'il y avait quelqu'un dans la pièce d'à côté. Tu me crois fou ?

– Ce que je crois n'a aucune importance. Cela te permettrait d'éviter la prison. Et puis l'asile, je n'y crois pas.

– Mais je ne pourrai plus être gendarme. Je ne l'ai pas tuée, bon sang ! Je devrais peut-être raconter à Dupuis tout ce que je t'ai dit. Il pourra fouiller de son côté.

– Tu crois vraiment ce que tu dis ? Tous les faits sont contre toi, Mathias. Mets-toi bien ça dans le crâne. L'option la plus sage est de continuer à dire que tu ne te souviens pas de ces trente minutes qui manquent à ton emploi du temps. Si tu en parles à quiconque, ce sera la fin.

– Et toi, tu me crois, dis ? Tu sais que je suis innocent. »

Augustin se dirige vers la porte et l'entrouvre avant de se retourner :

« Honnêtement, en ce moment, je ne suis plus sûr de rien. »

Mathias est anéanti. Avouer le calvaire qu'il endurait depuis des années n'a fait que renforcer les soupçons que son frère pouvait avoir. Et pourtant, il lui a dit la vérité.

Lorsqu'il s'était marié, le jeune couple avait emménagé dans une jolie maison de Cadaujac. Ils souhaitaient tous les deux ne pas dépendre financièrement de leurs familles respectives. Ils avaient décidé d'un commun accord d'attendre de s'être réalisés professionnellement avant d'avoir des enfants. Tout allait pour le mieux.

Et puis il y avait eu la perte du vignoble et le suicide du père d'Aurélie. Elle s'était mise à haïr sa belle-famille. Elle jouait un rôle lorsqu'elle se trouvait en leur présence, mais dans l'intimité, elle n'avait plus aucun filtre : ils étaient responsables de la mort de son père.

Lorsque sa femme avait commencé à devenir méprisante avec lui, Mathias l'avait laissé faire. Elle était à bout, fragilisée par son deuil récent et la détresse de sa mère. Puis un jour, lors d'une dispute, elle l'avait giflé. Elle s'en était voulu et lui avait immédiatement présenté ses excuses. Il n'avait rien dit. Ni ce jour-là ni les suivants, lorsqu'elle avait recommencé.

Alors, il s'était mis à rentrer de plus en plus tard du travail, prétextant des urgences diverses et variées pour éviter d'avoir à l'affronter. Il craignait de perdre son calme et d'entrer à son tour dans la spirale de la violence.

Mais l'agressivité d'Aurélie, loin de s'apaiser, était devenue de plus en plus fréquente. Elle lui lançait des ustensiles de cuisine, casseroles, poêles… Un soir, elle s'était saisie d'un couteau qu'elle lui avait placé sous la gorge en le menaçant. Il était parti et, dans sa voiture, avait composé un numéro de téléphone qu'il avait trouvé quelques jours auparavant. Celui de « STOP hommes battus ». Lorsqu'une personne lui avait répondu, il avait raccroché. Qu'aurait-il pu dire ? Qu'un capitaine de gendarmerie qui mesurait plus d'un mètre quatre-vingts se faisait battre par sa femme ? Il était finalement rentré en ayant conscience qu'il serait continuellement à sa merci.

Et puis, il y avait eu Fanny. Il avait glané auprès d'elle les moments de chaleur dont il avait besoin. Il s'était mis à rêver à un autre avenir possible, mais était rapidement revenu à la réalité : chez les Clavery, on ne divorce pas.

# 33

*24 mars 2022*

Lorsqu'il étreint sa mère, Augustin cherche ses mots. Il sait que ce qu'il va lui dire la blessera, alors il prolonge ce moment autant que possible. Delphine lui embrasse les joues, les cheveux, le respire comme lorsqu'il était enfant. Comme elle lui a manqué ! Au moment où il s'apprête à le lui dire, elle le devance :

« Ça fait du bien que tu sois là.

– C'est exactement ce que je me disais.

– J'ai voulu me mettre à la cuisine argentine pour te faire plaisir, mais j'ai renoncé, faute d'avoir trouvé les ingrédients adéquats. Tu devras te contenter d'un poulet rôti, je le crains.

– Tu ne sais pas ce que j'aurais donné, pendant toutes ces années pour goûter, rien qu'une fois, à ton fabuleux poulet.

– Il t'aurait suffi de revenir. »

Il la prend par la main, l'accompagne jusqu'au canapé et s'assoit à ses côtés.

« Je suis allé voir Mathias hier.

– Comment va-t-il ?

– Il se sent seul.

– Oh… »

Delphine baisse la tête en laissant couler une larme unique sur sa joue.

« Pourquoi n'êtes-vous jamais allés le voir ?

– Je suis allée à l'hôpital dès que j'ai su qu'il avait eu un accident, bien évidemment. Il était sous sédatifs et dormait. Cela m'a ramenée des années en arrière, lorsque j'attendais désespérément qu'il se réveille pendant des semaines, nuit et jour. Je n'ai pas pu entrer dans sa chambre. C'était au-dessus de mes forces. Ton père et moi en avons longuement parlé. Nous savons qu'il est innocent, alors, le voir allongé, gardé par un gendarme, c'est épouvantable.

– Vous préférez donc le priver de votre soutien ? J'avoue que j'ai du mal à comprendre.

– Tu ne peux pas dire ça. Nous avons engagé le meilleur avocat de la région. Ton père a fait jouer toutes ses relations pour que la presse ne soit pas trop virulente. Nous agissons dans l'ombre.

– Mais il l'ignore.

– Pour le moment. Lorsqu'il sortira, il verra tout ce que nous avons fait pour lui.

– Et ça n'a rien à voir bien sûr avec le fait que ce serait mauvais pour les affaires si on voyait papa avec lui en ce moment ?

– Comment peux-tu dire ça ? Tu parles de notre fils !

– À t'entendre, j'ai l'impression que c'est le seul.

– C'est faux ! Tu sais à quel point tu comptes pour nous.

– Pour vous ? Es-tu certaine que mon cher père soit de cet avis ? »

Delphine est dépitée. Rien ne se passe comme elle l'avait espéré. Comment lui dire que son absence l'avait rongée pendant toutes ces années ? Elle lui prend la main.

« Arrêtons, veux-tu ? Et reprenons depuis le début. Je sais que tu nous en veux et crois-moi, tu n'es pas le seul. Il n'y a pas un jour où je ne me lève en regrettant de ne pas avoir réagi pendant les fiançailles de ton frère. Pas un matin où je ne maudis pas ma faiblesse. Je suis ta mère Augustin, et chacune de tes souffrances est la mienne, tout comme celles de Mathias s'imprègnent en moi. Je t'aime. Tu peux me détester, me haïr de toutes tes forces, ça ne changera pas l'amour que j'ai pour toi. »

Augustin la prend dans ses bras et l'enlace. Après quelques secondes, il dessert son étreinte :

« Maman, que pensais-tu d'Aurélie ? L'aimais-tu ?

– Quelle question ! Bien sûr, voyons. C'était l'épouse de ton frère.

– Ce n'est pas une raison suffisante pour apprécier quelqu'un.

– Pourquoi tiens-tu à connaître mon opinion ?

– Si tu me dis ça, c'est que tu avais des réserves à son sujet. Qu'est-ce qui te chiffonnait ? Crois-moi, maman, je n'insisterais pas si ce n'était pas important. »

Delphine lisse un pli invisible sur sa jupe. Augustin réprime un sourire. Sa mère a toujours eu l'habitude de faire ce geste lorsqu'elle se sent mal à l'aise.

« Eh bien, avec moi elle était toujours très affable, très polie. Je n'avais rien à lui reprocher…

– Mais ?

– Mais je n'appréciais pas vraiment la façon dont elle traitait ton frère, lorsqu'elle se croyait seule avec lui.

– C'est-à-dire ?

– Il m'est arrivé une fois de surprendre une de leurs conversations et j'ai eu l'impression d'entendre une tout autre personne. Bien différente de celle que nous connaissions.

– Peux-tu être plus précise ? »

Elle réfléchit un moment, rassemble ses idées avant de s'exprimer lentement, en choisissant ses mots avec précautions :

« C'était à Noël dernier. Ils étaient venus passer plusieurs jours ici, comme tous les ans. Ton père et moi étions montés nous reposer après le déjeuner. Lorsque je suis descendue, ils étaient en train de se disputer. Non, ce n'était pas une véritable querelle. C'est elle qui parlait. Elle lui reprochait son manque d'ambition, sa faiblesse. Elle lui assenait des mots très durs.

– Et Mathias ? Que faisait-il ?

– Rien. Absolument rien. Il ne répondait pas et son manque de réaction semblait l'énerver encore plus. J'ai cru à un moment qu'elle allait en venir aux mains et je suis intervenue.

– Qu'as-tu fait ?

– Rien de bien extraordinaire. J'ai fait mine de descendre en les appelant pour savoir où ils étaient. Lorsque je suis entrée dans le salon, ils étaient assis, chacun semblant être en train de lire.

– Tu n'en as pas parlé à Mathias ensuite ?

– Non. Tu sais, la vie de couple n'est pas un long fleuve tranquille, j'en sais quelque chose, crois-moi. Pourquoi me demandes-tu tout cela ?

– Parce que Mathias m'a avoué qu'elle le frappait.

– Que dis-tu là ? »

Augustin et sa mère sursautent en entendant cette question. Aucun des deux n'a remarqué la présence de Michel, sur le pas de la porte. Un silence glacial s'abat dans la pièce. Le regard du père se fige. Ses yeux brillent d'une rage contenue.

« Augustin, je t'ai posé une question.
– Je suis désolé, papa, mais c'est la vérité. Mathias me l'a avoué. Je sentais bien qu'un truc clochait. C'était devenu trop dur pour lui de garder ce secret. Il est dévasté. Il a honte…
– Mais j'espère bien qu'il a honte. Depuis quand un homme se fait-il battre par sa femme sans réagir ? Qu'est-ce que j'ai fait pour avoir une mauviette pareille ? »

Il se retourne vers sa femme, dont le visage est devenu livide.

« C'est encore de ta faute tout ça. Si tu ne l'avais pas couvé autant pendant des années, on n'en serait pas là.
– Arrête, Michel, tu sais parfaitement pourquoi je l'ai "couvé" comme tu dis. Notre fils a eu un accident. Il est resté dans le coma pendant des mois. Nous avons cru que nous allions le perdre. Plusieurs fois les médecins nous ont dit que la prochaine nuit serait décisive. Que sa vie ne tenait qu'à un fil. Tu étais très inquiet toi aussi, tu l'as oublié ? Alors, ne rejette pas la faute sur moi. Nous avons fait de notre mieux. Mathias a toujours été fragile, et Aurélie a dû le sentir et en profiter. Il est tombé sur la mauvaise personne, c'est tout. Nous sommes aussi responsables que lui. Pendant toutes ces années, nous n'avons rien vu. Rien entendu.
– Mais au tout premier coup, il aurait dû immédiatement réagir. Il aurait dû hausser le ton. En homme.
– Et la frapper à son tour ? rétorque Augustin. C'est ça ta solution ? Frapper. Toujours frapper. Les femmes battues ne ripostent jamais. Elles pensent généralement qu'elles méritent ce qui leur arrive. Que leur mari ne recommencera plus ! Que tout est de leur

faute ! Jusqu'au jour où… l'homme battu fonctionne de la même manière. Avec une honte décuplée en plus. »

Ses parents restent silencieux, repoussant aussi loin que possible le doute et le soupçon qui viennent de leur traverser l'esprit. Comme un coup de tonnerre.

Delphine effleure sa gorge du bout des doigts et déglutit avec difficulté.

« Jusqu'au jour où quoi ? » demande-t-elle d'une voix extrêmement faible.

Ses yeux hagards cherchent désespérément une réponse. Michel se redresse brutalement et frappe du poing sur la table, ne parvenant plus à dissimuler toute cette colère qui le ronge.

« Ne fais pas semblant de ne pas comprendre ! Mathias a simplement craqué ce soir-là. Elle l'a provoqué une fois de plus, mais cette fois-ci, il a répliqué. On ne peut pas lui en vouloir. »

Il se tourne vers son fils :

« Augustin, il ne faut parler de ça à personne, tu m'entends. À personne. Ce ne serait pas bon pour ton frère et, surtout, quelle honte pour toute la famille !

– C'est tout ce qui t'importe ? Ton fils va peut-être aller en prison et tu ne penses qu'à ce que les gens vont dire sur nous ? Et la mère d'Aurélie ? Ne mériterait-elle pas de savoir ce qui est réellement arrivé à sa fille unique ? »

Delphine est subitement hors d'elle. Le véritable visage de son époux vient de lui apparaître après toutes ces années de mariage. Elle n'éprouve plus que du dégoût. Écœurée, elle quitte le salon, abandonnant son mari et son fils, face à face.

Les deux hommes restent un long moment à se regarder, comme deux mômes, sans oser esquisser le moindre geste, si peu habitués à se retrouver ensemble dans la même pièce. Ce silence prolongé les met mal à l'aise.

« Je suis désolé, papa. Je devais vous en parler. Mathias ne voulait pas, mais tout s'explique maintenant. Il a certainement agi en légitime défense.

– C'est moi qui suis désolé, fils. Tu es revenu pour nous aider, alors que je me suis comporté comme un vieux con avec toi. Je ne sais pas ce que l'on ferait sans toi.

– Tu devrais aller voir Mathias à l'hôpital.

– Jamais de la vie. Pas après ce que je viens d'apprendre. Je ne pourrais plus le regarder en face. Un homme qui n'arrive pas à se faire respecter par sa femme n'est pas un homme. C'est un sous-homme. Ce n'est plus mon fils. Je ferai tout pour le sortir de là, mais je ne veux plus rien avoir affaire avec lui après.

– Papa, tu vas recommencer les mêmes erreurs qu'avec moi.

– Toi, tu as eu le cran de partir. Tu t'es fait tout seul sans rien demander à personne et tu es devenu quelqu'un. Tu as réussi sans mon aide. Et j'en suis fier aujourd'hui. Mathias, lui, a tout gâché alors que nous lui avions tout donné. »

# 34

*24 mars 2022*

L'après-midi passée au château fut un véritable calvaire. Malgré ce que Mathias lui avait fait promettre, il n'avait pas voulu cacher un élément aussi important à ses parents.

Augustin a encore du mal à réaliser. Les hommes battus demeurent toujours un sujet tabou dans les médias. Il a évidemment conscience de leur existence, mais ces derniers représentent une goutte d'eau dans les statistiques. Il y a la violence physique, mais aussi la violence psychologique qui, elle, ne laisse aucune trace visible. Son frère endurait les deux et Augustin commence à comprendre, au regard de la réaction de son père, pourquoi il a souhaité garder cela pour lui.

En tapant rapidement dans son moteur de recherche, un chiffre apparaît : 82 000. C'est le nombre d'hommes battus en France, que la honte, la pudeur et la peur empêchent de se confier. 97 % d'entre eux n'iront d'ailleurs jamais porter plainte. Question de virilité mal placée.

Son frère est innocent, ça, il l'a toujours su… Son cerveau est en effervescence. Ce nouvel élément pourrait être une solution, mais son père n'acceptera jamais que cette information sorte au grand jour. Et ce serait dommage de le contrarier juste au moment où il parvient enfin à recréer un lien avec lui. De toute façon, Mathias lui-même ne veut pas en entendre parler !

En sonnant à la porte de Fanny, Augustin perçoit comme un bruit de chaussons traîner sur le parquet. Des pas au ralenti. La jeune femme lui ouvre, un verre de vin à la main. Son visage est ravagé. Elle porte un jogging et un pull dont les coutures et l'étiquette sont visibles à l'œil nu. En le voyant, elle esquisse un sourire et repart s'affaler dans son canapé en gardant son verre bien serré entre ses doigts.

« Je ne vais pas te demander comment tu vas ?

– Non. Pas la peine.

– Tu me racontes ?

– Il n'y a rien de nouveau. Je tourne en rond. J'attends que le téléphone sonne pour m'apprendre une bonne nouvelle, mais rien. Alors, je bois un coup.

– Il est 17 h 30, Fanny. L'alcool ne te réussit pas, c'est toi qui me l'as dit.

– Je m'en fous un peu, en fait.

– Tu n'as aucun contact avec tes collègues ? »

Fanny secoue la tête de gauche à droite. Résignée.

« Je suis allé voir Maître Ventura. Il voudrait plaider l'irresponsabilité pour lui éviter le procès. Il m'a dit que cela se tenait et que Mathias avait une chance de s'en sortir. »

La jeune femme hoche la tête en silence.

« Fanny, on ne doit pas abandonner. Pas maintenant. On doit continuer à chercher. Il y a forcément quelque chose qui nous a échappé.

– J'ai fouillé dans les moindres recoins. J'ai relu tous les interrogatoires. Tous les indices. J'ai regardé toutes les images, encore et encore. Il n'y a rien du tout. Si comme je le crois, Mathias est innocent, celui ou celle qui a assassiné Aurélie est l'homme invisible. Tout cela est incompréhensible. Et maintenant que la brigade est au courant de notre relation, c'est moi qui peux être suspectée. J'avais un vrai mobile pour la tuer : éliminer ma rivale. C'est d'un classique…

– Mais tu n'as rien fait ? »

Fanny le fixe avec un regard stupéfait.

« Évidemment que non, je n'ai rien fait. Comment peux-tu penser un truc pareil ?

– Je suis désolé.

– Je ne comprends pas bien quel mobile aurait eu Mathias, en fait. Notre relation était vouée à l'échec. Il ne se serait jamais séparé d'elle. Il me l'a avoué ce soir-là et, tellement discrètement, que quelqu'un nous a entendus. Donc, il n'avait aucune raison de la tuer. J'ai beau chercher, je ne vois pas. »

À cet instant, la sonnerie de son portable, qui demeurait désespérément silencieux depuis quarante-huit heures, retentit. Fanny se lève pour jeter un œil sur le nom qui s'affiche à l'écran et décroche aussi vite.

« Salut, Maxime, c'est sympa d'appeler. Je pensais être devenue une pestiférée. »

Fanny ne réagit pas durant de longues secondes. Puis son visage se contracte, ses mains se crispent sur son verre. Elle doit prendre appui sur le dossier de son canapé pour ne pas fléchir. Augustin tente de percevoir ce qui est en train de se dire à l'autre bout du fil, en vain. En tout cas, pas une bonne nouvelle, c'est certain.

« Merci de m'avoir tenue au courant. Je pense que l'on va se revoir plus tôt que prévu. Salut. »

Fanny raccroche et pose son portable sur la table. Son visage est blafard. Ses lèvres tremblent d'épuisement.

« Je crois que j'ai vraiment besoin d'un remontant. »

Elle part dans la cuisine pour récupérer la bouteille de vin. Augustin vient à sa rencontre et lui prend délicatement le verre des mains.

« Tu as assez bu comme ça pour la journée. Qu'est-ce qui se passe ? »

Fanny est sonnée. Elle ne parvient pas à ordonner ses pensées, qui se télescopent. Son monde est en train de s'écrouler et elle est incapable d'enrayer cette descente aux enfers.

« Fanny, parle-moi. Tu m'inquiètes, là.

– C'était Maxime, mon collègue.

– Et ?

– Il vient de m'avertir qu'ils avaient trouvé de nouveaux éléments. C'est vraiment un type bien. Il n'avait pas le droit de le faire… »

La jeune femme a du mal à s'exprimer. Sa gorge est sèche. Une pression lui comprime la poitrine, l'empêchant presque de respirer.

« Ils ont retrouvé des poils de chien sur les vêtements d'Aurélie. »

Augustin reste silencieux, attendant qu'elle poursuive.

« Les poils appartiennent à ceux d'un bouledogue français. »

Il détourne la tête pour jeter un coup d'œil aux deux molosses allongés sur le tapis, les pattes parfaitement symétriques et les oreilles droites et tendues, comprenant immédiatement que leur maîtresse parle d'eux.

« Je pensais que tu étais au courant. L'avocat de Mathias m'en a parlé hier. Il doit y avoir une explication. Tu étais présente à la soirée. Tu as discuté avec Aurélie.

– Je lui ai parlé, mais je ne lui ai pas sauté dans les bras non plus. Je ne l'ai même pas embrassée.

– Quand tu as découvert le corps, tu as dû te pencher sur elle.

– Oui. Mais cela ne semble pas suffire, car Dupuis veut me voir à la gendarmerie. Ils vont me mettre ça sur le dos. J'ai un mobile contrairement à Mathias et ils ont une preuve que j'ai été en contact avec la victime. Je suis dans la merde, Augustin. C'est un cauchemar. »

Il tente de la calmer en la prenant par les épaules.

« Fanny, regarde-moi et respire. Tu n'es pas la seule à avoir un mobile. Mathias en a un. Et un très gros, même. »

# 35

*24 mars 2022*

Michel est assis à son bureau, dans un fauteuil en cuir usé qui a vu passer trois générations de Clavery. Il peine à se concentrer même s'il a conscience qu'il ne peut se soustraire à sa tâche. Certains de ses amis, propriétaires de vignobles, tout comme lui, envisagent de faire appel à des prestataires de services afin de gérer l'emploi des saisonniers. Employer de la main-d'œuvre étrangère permettrait de réduire les coûts. Il s'y est toujours refusé, comme son père avant lui. Il est un des rares exploitants à avoir des ouvriers à l'année et à les loger sur la propriété, mais, d'après son comptable, il lui faudrait peut-être changer cela.

Il laisse tomber le dossier qu'il tient entre les mains. Il s'y replongera plus tard. Demain, peut-être. Comment travailler efficacement avec tous les problèmes qui s'enchaînent ? Il en veut à Mathias d'avoir jeté l'opprobre sur la famille et par conséquent, sur le château. Depuis le début de l'affaire, la clientèle habituelle se fait de plus en plus rare. Rien de préoccupant pour l'instant, mais si Mathias est inculpé, cela risque d'être plus compliqué.

Il est en proie à des sentiments contradictoires envers son fils. Il lui en veut énormément, mais parfois, il se demande s'il n'a pas manqué quelque chose au niveau de l'éducation de ses enfants. Il les a élevés comme son propre père l'avait fait avec lui. Les caresses et les paroles complaisantes étaient l'affaire des femmes, tandis que les hommes se chargeaient de forger les caractères.

Lorsque son ami Récamier l'avait informé de l'escroquerie d'Aurélie, il avait vu rouge et s'était promis de tirer l'affaire au clair. Quand l'occasion s'était présentée à lui, avant même que Gaspard ne déclenche cet esclandre, il était monté dans le bureau de sa belle-fille et s'était saisi de son sac à main. Il savait qu'elle devait garder une liste des personnes qu'elle arnaquait. Même s'il n'y avait que peu de chances qu'elle la garde avec elle, il avait ressenti le besoin d'en avoir le cœur net. Il avait donc dissimulé le sac sous une table et était sorti pour le fouiller dès qu'il avait eu un moment. Lorsque les hurlements avaient retenti, il l'avait lancé dans un bosquet et s'était précipité aux côtés de sa femme. Il l'avait récupéré avant l'arrivée des gendarmes et l'avait remis dans un coin de la salle principale. Personne n'y avait prêté attention.

Perdu dans ses réflexions, il n'entend pas la porte s'ouvrir ni Delphine s'avancer jusqu'à lui faire face. Il sursaute. Ses yeux sont rougis, mais paradoxalement, son regard est empreint d'une dureté qu'il ne lui a jamais connue. Elle s'adresse à lui d'une voix glaciale :

« Puis-je te parler ?

– Tu ne dors pas encore ? Il est tard, pourtant.

– Crois-tu vraiment que je puisse dormir alors que notre fils risque de passer une partie de sa vie en prison ?

– Si c'est le cas, il l'aura bien cherché. J'estime, en ce qui nous concerne, que nous avons fait le maximum.

Nous lui avons trouvé et payé le meilleur avocat de la région.

– Et le soutien, Michel ? Nous n'avons pas été à ses côtés durant l'enquête. Pas une seule fois.

– À qui la faute ? Si seulement il n'avait pas mêlé mon nom à cette sale histoire…

– Notre nom ? Je te parle de notre fils et tu me parles de ton nom ? Mais quel père es-tu ? Tu me dégoûtes.

– Je t'interdis…

– Je t'ai laissé humilier Augustin pendant des années. Je t'ai regardé lui refuser le moindre encouragement, sans bouger. Mon cœur de mère a saigné lorsqu'il a pris la décision de fuir, de te fuir… mais je l'ai accepté. Parce que je t'aimais et que pour moi, tu ne pouvais jamais commettre d'erreurs. Mais aujourd'hui, je sais que tu n'es qu'un monstre qui n'hésiterait pas à renier son propre fils pour ne pas salir ton nom. Et quel nom ! Ce soir, il me dégoûte presque autant que toi.

– Tu es complètement folle.

– Bien sûr, c'est moi qui suis folle. Alors, écoute bien ce que j'ai à te dire. À compter de ce soir, nous ne serons unis que sur le papier, puisqu'on ne divorce pas chez les Clavery. Tu vois, moi aussi je connais ma leçon. J'ai déménagé mes affaires dans la chambre d'amis. Ce sera la mienne désormais. Je t'interdis dorénavant de m'adresser la parole lorsque nous serons seuls. L'unique chose que nous partagerons, ce sera l'air que nous respirons. Si tu enfreins ces règles, je demanderai le divorce et qu'importe le qu'en-dira-t-on. Je partirai. Dis-toi que nous venons d'avoir notre dernière conversation de couple. Par ta faute. Uniquement par ta faute. »

Après avoir prononcé ces derniers mots, elle sort de la pièce en claquant la porte. Michel, sonné, se prend la tête dans les mains.

*

Fanny se sert un énième verre de vin. Elle a cessé de compter depuis qu'Augustin est reparti. Elle est assise sur son lit et noie ses larmes dans le pourpre du liquide qu'elle tient entre les mains. Elle a un casque sur les oreilles et se balance au rythme d'*Atom Heart Mother* des Pink Floyd. Cette fresque psychédélique a toujours eu un effet hypnotique sur elle, depuis que son père lui a fait découvrir l'album lorsqu'elle était enfant.

Elle ne réfléchit plus, elle en est incapable. Tout en buvant, elle se balance au rythme de l'orgue et des vocalises. Elle enchaîne l'œuvre en boucle : *Father's Shout*, *Breast Milky*, *Mother Fore*, *Funky Dung, Mind Your Throats Please, Remergence*, encore et encore.

Elle ne dormira pas cette nuit. Elle le sait. Elle ne le mérite pas. Qui pourrait sacrifier sa carrière pour une simple histoire de cul ? Elle en a conscience, maintenant : Mathias n'a jamais vu en elle autre chose qu'une pauvre conne à séduire, à mettre dans son lit et à jeter. Elle repense à ce que lui a confié Augustin : Aurélie le frappait. Si seulement il s'était confié à elle, elle aurait pu l'aider à s'en sortir. Elle l'aurait accueilli à l'appartement, peu importe qu'il soit un Clavery. Ils auraient été heureux.

Roméo et Elvis grattent à la porte de la chambre. Elle l'a fermée, ne voulant pas en faire les témoins muets de sa déchéance. Elle augmente le volume de son casque pour ne plus les entendre, *Mind Your Throats Please*, à fond.

Elle porte de nouveau le verre à ses lèvres, en boit une gorgée puis se précipite hors de la chambre, en proie à de violentes nausées qui la laissent, après quelques minutes, allongée sur le carrelage de la salle de bains. Ses chiens la regardent un instant, sans comprendre ce qui lui arrive, puis se couchent à ses côtés.

Lorsqu'elle trouve enfin la force de se mettre debout, tout tangue.

Elle se déshabille, met directement ses vêtements dans la machine à laver, avant d'entrer dans la douche. Elle laisse couler l'eau brûlante durant un long moment puis entreprend de se laver le corps tout autant que l'esprit.

Elle enfile un peignoir, met une serviette sur ses cheveux mouillés et, dans la cuisine, se prépare un café serré. Ses yeux sont secs à présent. Elle sait ce qu'il lui reste à faire. Ses parents le lui ont suffisamment répété : les bêtes sont plus fiables que les hommes.

Elle retourne dans sa chambre, un sac poubelle entre les mains. Elle dénoue la serviette qui maintient ses cheveux et les laisse, humides, retomber sur ses épaules. Elle frissonne.

Ce qu'elle s'apprête à faire lui déchire le cœur, mais il est temps. Elle seule doit compter désormais. Elle enlève un à un les dossiers qui encombrent son bureau et prend soin de les déchirer avant de les jeter. Enfin, elle s'attaque aux photos ainsi qu'aux feuillets qui ornaient les murs.

Lorsque la place est nette, elle est déterminée.

Elle attrape son téléphone portable, consulte son répertoire, avant de regarder l'heure : 23 h 47. Il est tard, mais elle se connaît. Si elle attend, elle n'aura plus le courage d'agir comme il le faut. Elle appelle, espérant que son interlocuteur décroche. Elle patiente, retenant sa respiration. Ça y est :

« Francis, c'est Fanny. Excuse-moi, je sais qu'il est tard, mais c'est important. Tu avais raison. Mathias n'a pas raconté toute la vérité sur ce qu'il s'est passé le soir du meurtre. »

Et, à mi-voix, elle lui raconte tout ce qu'elle sait.

# 36

*Quelques semaines plus tard*

Suite à la déclaration du major Cipriani, l'engrenage infernal s'est alors mis en route. Garde à vue. Déferrement. Enquête judiciaire. Indices graves et concordants. Ordonnance de renvoi. Détention préventive. La machine judiciaire s'est emballée sans que Mathias puisse rien y faire.

Dans l'attente de son procès, il doit réfléchir à toutes les options qui s'offrent à lui. Maître Ventura l'attend au parloir. Peut-être avec de bonnes nouvelles…

« Bonjour, maître. Vous avez du nouveau ?

– Bonjour, Mathias, votre affaire ne s'annonce pas bien. J'ai lu et relu des dizaines de fois votre dossier d'instruction et franchement je ne vois qu'une seule solution pour vous éviter la prison.

– S'il vous plaît, vous n'allez pas encore me ressortir votre histoire de manque de discernement et d'irresponsabilité. Je ne veux pas finir chez les dingues. Ils vont vouloir me soigner à coup d'antidépresseurs et d'anxiolytiques. Je sais comment je vais finir et je refuse.

– Pas forcément.

– Écoutez, j'ai longtemps gardé des séquelles physiques et neurologiques après mon accident de vélo, et avant de trouver exactement ce que j'avais, les toubibs me disaient que c'était dans ma tête et me filaient des tas de cachets. La solution de facilité, vous voyez. Alors, depuis que je m'en suis sorti et que j'ai repris le boulot, je refuse de retomber dans cette spirale infernale. Désolé, mais il va vous falloir trouver autre chose pour me défendre.

– J'ai beaucoup discuté avec votre frère et votre mère. Tous les deux veulent évidemment vous éviter la prison. Je suis votre avocat. Vous pouvez tout me dire. Je peux tout entendre.

– Vous voulez savoir si j'ai tué ma femme, c'est bien ça ? »

Maître Ventura acquiesce en silence.

« Je suis innocent. On s'est battus. Je l'ai repoussée, certes un peu violemment, mais lorsque je suis parti, comme je vous l'ai déjà dit, elle était encore en vie. J'en suis convaincu. Elle a bougé… Ont-ils trouvé la personne qui était dans la pièce d'à côté ? L'ont-ils vraiment cherchée d'ailleurs ?

– Cette personne, si elle existe vraiment, s'est volatilisée. Il n'y avait aucune caméra à cet endroit. Ils n'ont aucun moyen de l'identifier. Quant à Karine Orcière, ils n'ont pas poussé dans cette direction. Là aussi, vous êtes le seul à dire qu'elle aurait été renvoyée. Les gendarmes pensent que vous cherchez à les entraîner dans de fausses directions. Vous leur avez caché un certain nombre d'éléments par le passé. »

Mathias secoue la tête en soupirant.

« C'est à croire que quelqu'un veut ma peau… Quel choix s'offre à moi maintenant ?

– Non coupable ou légitime défense. Je ne vous cache pas que votre mère et votre frère vous croient innocent et qu'ils vont dans le sens du “plaider non coupable”. »

Mathias réfléchit longuement. Il regrette de ne pas avoir été franc dès le départ, mais il ne peut pas revenir en arrière. Le mal est fait. Si seulement il avait eu le courage de quitter Aurélie… si seulement…

Il songe aux deux options qui s'offrent à lui. Comment plaider la légitime défense alors qu'il est convaincu de ne pas avoir tué sa femme ? Il refuse d'être accusé de féminicide. C'est ce qui se répand dans la presse, sa mère le lui a dit : Aurélie est une des nombreuses femmes à avoir été tuée par son conjoint. Deux associations se sont d'ores et déjà portées partie civile et souhaitent faire de ce procès, une tribune. Il refuse d'être un bouc émissaire.

« La légitime défense ne tiendra pas une minute face à un jury : comment justifier qu'un type de ma stature, même violenté, puisse en venir à fracasser le crâne de sa femme ? Ils diront que j'avais d'autres moyens de me défendre. Que ma vie n'était pas en danger. Que je suis gendarme. Qu'il aurait été facile pour moi de porter plainte. Non, ça ne fonctionnera pas. Je suis innocent. On va plaider non coupable et faire confiance en la justice. C'est tout ce qu'il me reste. »

## 37

*Des bruits métalliques résonnent dans le couloir. Le plafonnier crépite en diffusant une lumière blafarde. Il entend à l'extérieur quelques éclats de voix, des cris : « ... vous n'avez pas le droit ! Ce n'est pas encore l'heure !... » Solitude et tristesse font partie de son quotidien depuis quelques semaines.*

*Et puis, soudain, le bruit d'une porte qui s'ouvre, et c'est un très large sourire de soulagement qui se dessine sur son visage : son frère est venu lui rendre visite.*

*« Je suis si heureux de te revoir.*

*– Moi aussi. Tu m'as tellement manqué. »*

*Augustin agrippe les mains de Mathias et les serre de toutes ses forces.*

*« Raconte-moi comment tu vas.*

*– Non, toi d'abord. Dis-moi ce que tu deviens depuis tout ce temps.*

*– Je suis sincèrement désolé, j'aurais souhaité venir te voir plus tôt, mais je devais régler des affaires urgentes qui ont pris plus de temps que prévu.*

*– Le principal, c'est que tu sois là, maintenant... J'ai l'impression que tu as changé depuis la dernière fois. Tu sembles avoir vieilli. C'est notre père qui te fait encore des misères ?*

*– Non, de ce côté-là, tout va bien. C'est la barbe qui fait ça. Elle me donne un côté père de famille respectable qui facilite les affaires. J'ai dû partir quelque temps faire un petit tour de France pour présenter notre vignoble dans les grands restaurants. J'ai même pu en caser sur une dizaine de cartes d'étoilés Michelin.*

*– Je savais bien que tu y arriverais. J'ai toujours eu confiance en toi. Je suis tellement content que tu sois venu. Ça me fait du bien de te voir.*

*– Moi aussi. Tu sais bien que je serai toujours là pour toi.*

*– Arrête... rétorque Mathias. Tu es rentré car les bons petits plats de maman te manquaient. »*

*Augustin baisse les yeux. Sa bouche se crispe très légèrement.*

*« Désolé, Gustin. Je ne voulais pas dire ça.*

*– Laisse tomber. Aucune importance. Bon, assez parlé de moi. Je ne suis pas venu pour ça, tu dois bien t'en douter. Raconte-moi ce qui s'est passé. Comment vas-tu ? Tu n'as pas franchement bonne mine. Tu as maigri, non ?*

*– C'est clair, la cuisine n'est pas vraiment le point fort de l'établissement... Je pense souvent à notre vie d'avant, lorsqu'on était petits. Pas toi ? »*

*Augustin l'écoute d'une oreille distraite. Une mélodie cherche à se frayer un chemin dans sa mémoire. Lorsque son frère évoque la couleur jaune orangé de la vigne à la fin de l'été, les paroles lui reviennent tel un boomerang :* Cerf, cerf, ouvre-moi ! Ou le chasseur me tuera !...

*Pourquoi maintenant, après toutes ces années ? Cette comptine l'empêche d'être attentif aux mots de Mathias. Il est là pour lui, pourtant.*

(Dans sa maison un grand cerf, regardait par la fenêtre…)

*« Tu te souviens de l'accident ? » lui demande Mathias.*

(… un lapin venir à lui, et frapper ainsi…)

*Augustin sursaute :*

*« Pardon ?*

*– Tu te souviens de l'accident ?*

*– Tu crois que c'est quelque chose que j'aurais pu oublier ? Tu as failli y passer. »*

*Augustin peine à se concentrer, cette musique l'obsède.*

(Lapin, lapin, entre et viens me serrer la main…)

*« Je vais être sincère. J'aurais préféré mourir ce jour-là.*

*– Ne dis pas de bêtises, s'insurge le grand frère.*

*– Je sais ce que je dis. J'aurais préféré mourir, Gustin... »*

*Il pose ses mains sur son visage et ferme les yeux. Son rythme cardiaque s'accélère légèrement.*

*« ... Je crois que j'ai fait une connerie...*

*– Pourquoi ?*

*– Je n'aurais jamais dû plaider non coupable. C'était une erreur. J'aurais peut-être dû écouter mon avocat et opter pour la légitime défense.*

*– On a déjà eu cette discussion des dizaines de fois. C'est toi-même qui as avoué ce qui s'était réellement passé. »*

*Le cerveau de Mathias est au bord de l'explosion. C'est la deuxième fois que son monde s'écroule. La première lorsqu'il s'est retrouvé face au corps sans vie de sa femme. La seconde, à l'annonce du verdict de son procès : « Après avoir délibéré, le tribunal vous reconnaît coupable des faits reprochés et vous condamne à la peine de vingt ans de réclusion criminelle. » Il ressent à cet instant une douleur fulgurante. Absolue. Suivie d'une nausée foudroyante qui lui retourne l'estomac.*

*« J'ai plaidé non coupable, car je suis innocent. J'avais confiance dans la justice. J'avais confiance dans mes partenaires. J'étais convaincu qu'on allait trouver l'assassin d'Aurélie. Qu'il aurait commis une faute, même infime. Le crime parfait n'existe pas. Avec tous les moyens mis à notre disposition aujourd'hui, je m'en étais persuadé. Mais putain, ce coup sur la tête, ce qu'ils ont dit au procès, ce n'était pas moi.*

*– Mais tu as reconnu l'avoir frappée !*

*– J'ai dit que je l'avais poussée, c'est vrai.*

*– Et qu'elle ne bougeait plus. »*

*Des cris et des appels à l'aide venant de l'extérieur se font entendre. Mathias baisse les yeux pour mieux se concentrer. Il veut faire abstraction du bruit des verrous qui s'ouvrent et se referment. De ces bruits métalliques qui résonnent dans sa tête à toute heure du jour et de la nuit. Il tente une nouvelle fois de rassembler ses souvenirs.*

*« Elle ne bougeait pas. Elle était assise, les jambes allongées, les bras ballants. Sa tête était penchée sur le côté. Puis elle a remué très légèrement la main. Ce n'est pas la position dans laquelle Fanny l'a retrouvée. »*

*Augustin fronce les sourcils en l'écoutant avec attention. Mathias poursuit, comme se parlant à lui-même :*

*« J'ai voulu m'approcher, lui dire que j'étais désolé.*

*– Pourquoi ne l'as-tu pas fait ? Tu aurais peut-être pu la sauver.*

*– Je ne sais pas. Quelque chose m'en a empêché. J'étais terrorisé. Il doit y avoir un moyen de prouver que ce n'était pas moi.*

*– Le procès est terminé. Tu as bénéficié du meilleur avocat de la région. Il t'a proposé une stratégie que tu as refusée. Donc, si tu es innocent, pourquoi ne pas avoir fait appel ?*

*– Si je suis innocent ? Tu crois que je l'ai tuée ?*

*– Tu m'as tellement menti, Mathias, que parfois, je ne sais plus si je dois te croire. C'est comme si tu avais deux visages. D'un côté, le mari aimant, le fils modèle, le frère que j'ai toujours voulu protéger et de l'autre...*

*– De l'autre ?*

*– Un type capable de laisser sa propre femme inanimée, sans se préoccuper de savoir si elle est en vie ou pas. Quel homme es-tu réellement, Mathias ? Lequel des deux se trouve aujourd'hui face à moi ? »*

*L'ex-capitaine de gendarmerie ne répond pas. Il est sonné. Lorsqu'il se met à parler, c'est d'une voix tremblante, presque suppliante :*

*« Pourquoi tu n'étais pas là au procès ?*

*– Je te l'ai dit en arrivant. J'avais des choses à mettre en ordre avant de m'installer définitivement.*

*– Maman m'a pourtant dit que tu avais tout liquidé à Buenos Aires il y a des mois de cela, bien avant que l'on ne se retrouve.*

*– J'étais en voyage pour le boulot. Crois-moi, j'aurais préféré être avec toi.*

*– J'avais peur que tu ne cherches à m'éviter, toi aussi. »*

*Augustin ne répond pas.*

*« Je n'ai plus que toi et maman. Alors, si tu me crois coupable, je n'y arriverai pas. Je suis passé*

*directement de l'hôpital en préventive puis en taule. Je ne supporte plus ces hurlements toutes les nuits. Ces gémissements dans les cellules. Tous ces mecs qui crient leur innocence, qui crient à l'injustice. Les bastons dans la cour. Les trafics. Les règlements de comptes. Cette nuit, un type s'est pendu avec du fil de fer barbelé. Tu imagines le désespoir pour en arriver à cette extrémité-là ?*

*– Tu es tout de même dans un quartier protégé en tant que flic ?*

*– Oui, mais ça ne suffira peut-être pas très longtemps. La prison, c'est l'enfer. Et en tant que gendarme, j'ai une cible dessinée sur le dos en permanence. »*

*Augustin le fixe droit dans les yeux en esquissant un timide sourire.*

*« Maman m'a dit qu'elle était venue te voir. Quand elle est rentrée à la maison, elle était totalement anéantie.*

*– Je sais, mais comme notre père a choisi de me rayer de sa vie, sa visite m'a fait beaucoup de bien.... Elle m'a dit que tu vis là-bas désormais.*

*– Oui, étant donné la situation, je n'ai pas eu le choix. Je dois être présent pour maman, sinon elle risque de s'effondrer. Et puis j'ai finalement décidé d'aider papa à la vigne. Les gens parlent beaucoup. Ton procès a eu pas mal de répercussions sur le château. Au départ, on pensait que cela n'affecterait pas les ventes, mais il y a eu un peu moins de visites à la cave, certains cavistes ont même préféré résilier leurs contrats et ont finalement décidé de ne pas honorer leurs commandes. Certains vieux copains de papa se sont même détournés de lui. Du coup, je lui ai proposé de travailler temporairement avec lui. Et à ma grande surprise, ça me plaît.*

*– Vos relations se sont nettement améliorées, dis-moi. »*

*Augustin acquiesce sans se départir de son sourire.*

*« Il le fallait bien. Nous avions un paquet d'années à rattraper. Tu vois, Mathias, j'ai beaucoup réfléchi depuis que je suis revenu chez nous. Tout aurait pu être tellement différent...*

*« ... si tu avais demandé l'autorisation à maman ce jour-là, tu n'aurais pas eu ce stupide accident. Je n'aurais pas eu à endurer tout ce que j'ai enduré pendant toutes ces années et je n'aurais pas été obligé de quitter la maison.*

*« Si tu avais écouté ton cœur, tu serais avec Fanny en ce moment. Tu aurais divorcé et Aurélie serait toujours en vie.*

*« Si tu t'étais trouvé à ses côtés pendant que Récamier essayait de saboter sa soirée, tu l'aurais épaulée et elle n'aurait pas été sous tension.*

*« Si son assistante n'avait pas cassé ces bouteilles de Château d'Yquem, Aurélie ne se serait pas énervée, elle serait restée dans la salle avec ses invités.*

*« Si tu l'avais aimée, vraiment aimée, tu n'aurais jamais pu la repousser si violemment et la laisser inanimée.*

*« Si tu t'étais vraiment soucié d'elle, tu ne l'aurais pas quittée un instant. »*

*En écoutant cette longue tirade, Mathias se sent mal à l'aise. Quelque chose le dérange. Il sait que la solution est là, tout près, à portée de main, mais à chaque fois qu'elle semble poindre dans sa tête, elle s'évapore.*

*Augustin l'observe, comme s'il sentait, lui aussi, que quelque chose de vital était sur le point d'émerger. Mathias est tout près, il le sait. C'est imperceptible, comme un battement d'ailes. Alors, pour l'aider, il siffote une mélodie qui transporte son petit frère dans le passé.*

*Et subitement...*

(Cerf, cerf, ouvre-moi ! Ou le chasseur me tuera !...)

*... Mathias sait.*

(Lapin, lapin, entre et viens me serrer la main.)

*C'est un peu comme s'il venait enfin de percevoir la sortie du tunnel dans lequel il était maintenu prisonnier depuis des mois. Il retient sa respiration alors que l'évidence s'impose à lui et décide de poser la question qui le terrorise depuis quelques secondes, redoutant d'entendre la réponse.*

*« Personne n'a jamais parlé de ces bouteilles d'Yquem. Comment le sais-tu ? »*

*Augustin patiente quelques secondes avant de décocher le coup fatal, répété maintes et maintes fois dans sa tête :*

*« Parce que j'étais présent ce soir-là », répond-il avec un calme déroutant.*

*Mathias ferme un instant les yeux pour encaisser le choc de cette révélation. Une expression horrifiée s'affiche sur son visage ravagé.*

*Le sourire arboré par Augustin depuis quelques minutes vient de se transformer en un rictus.*

(Ou le chasseur me tuera !...)

*Les secondes s'égrènent.*

(... me serrer la main...)

*Le silence est assourdissant.*

*Ne lâchant pas son petit frère des yeux, Augustin se lève lentement en prenant appui sur la table, avant de lui tourner le dos et de se diriger tranquillement vers la porte.*

*Il toque trois fois d'un coup de poing volontaire : « Gardien ! »*

*Un homme en uniforme vient lui ouvrir, esquisse un hochement de tête, le laisse passer et claque la porte derrière lui, abandonnant Mathias... totalement anéanti.*

*Augustin ne part pas immédiatement, il reste pour savourer le cri de haine et de souffrance que vient de pousser son petit frère.*

*Il patiente encore quelques secondes puis quitte la prison en chantonnant :*

*« Cerf, cerf, ouvre-moi ! Ou le chasseur me tuera ! Lapin, lapin, entre et viens me serrer la main. »*

# Épilogue

*8 mars 2022, le soir du meurtre*

Augustin est arrivé à Pessac depuis deux jours et déjà, le temps lui semble long. Il évite de sortir et passe ses journées, cloîtré dans l'appartement qu'il a loué sous un nom d'emprunt. Il a appris sur le Net que sa belle-sœur Aurélie organisait un vernissage à l'espace culturel de Cestas. Une réception où amis, collègues et médias ont tous répondu présents. Une soirée qui va marquer d'une pierre blanche l'histoire de la galerie Dubuisson.

Depuis quelque temps, Augustin cherche une occasion pour renouer le contact avec son frère et cette soirée sera peut-être un excellent moyen d'y parvenir. Se souvenant du peu d'engouement de Mathias pour les mondanités, ce dernier sera, il l'espère, disposé à l'écouter et, surtout, à l'aider : car il est aux abois, toute sa vie à l'étranger n'est en fait qu'un immense mirage.

Un mensonge dans lequel il s'est empêtré depuis des années et dont il est aujourd'hui incapable de s'extirper. Une vie de riche expatrié en Argentine sortie tout droit des guides touristiques. Aucune Abril à l'horizon. Juste un petit boulot de vendeur de voitures en région parisienne qu'il vient de perdre il y a quelques semaines. Licencié du jour au lendemain pour avoir bêtement utilisé une voiture sans autorisation.

Depuis c'est l'errance.

Son compte bancaire s'est vidé peu à peu et s'il ne trouve pas de quoi combler son découvert et régler ses dettes, il se retrouvera d'ici peu à la rue.

Tout cela ne serait jamais arrivé sans ce maudit accident de vélo.

Il n'a jamais eu la place qui lui revenait. Mathias s'en est emparé par ses mensonges. Il est temps qu'il répare et qu'il l'aide enfin. C'est bien la moindre des choses.

À chaque appel de sa mère, il envie la vie dorée de son frère et de sa belle-sœur : les expositions, les voyages, les dîners mondains, sa carrière de capitaine de gendarmerie, les responsabilités. Sans compter la fierté qu'éprouvent ses parents d'avoir un fils aussi gentil, attentionné et investi dans un boulot dangereux et prenant.

Il enfile un pantalon de toile, une chemise et une veste à capuche qu'il rabat sur son visage. Il ne veut surtout pas être reconnu par son père, préférant éviter un nouveau scandale.

En arrivant au centre culturel, il regarde les invités se succéder, cartons à la main, se demandant bien comment il va pouvoir franchir ce cordon de sécurité.

18 h 45. Un homme visiblement très en colère provoque un esclandre à l'entrée. Un regroupement se forme immédiatement autour de lui. Il aperçoit Aurélie s'approcher, furieuse. L'occasion est trop belle. Augustin profite de cette effervescence pour se faufiler

derrière un couple : première étape franchie haut la main.

19 heures. Il patiente au fond du jardin, à l'abri des regards. Au moment où il se décide à grimper les escaliers de service, une jeune femme le bouscule. Inquiet d'être découvert, il réalise très vite que cette dernière ne l'a même pas calculé, trop occupée à jeter un œil à sa montre.

Il attend quelques minutes puis aperçoit son père et Aurélie par la fenêtre. Il a un mouvement de recul de peur d'être découvert. Son père a vieilli, mais il semble avoir conservé son caractère de merde.

La haine qu'il éprouve à l'encontre de son géniteur est telle, qu'il aimerait le faire souffrir. Lentement. Intensément. Le meurtrir dans sa chair.

19 h 15. Doit-il passer par l'arrière-cuisine ou le jardin ?

Il opte pour la première solution : sur le haut du perron, il entend Aurélie hurler :

« Mais tu te rends compte de ce que tu viens de faire. Tu viens de me flinguer trois bouteilles de Château d'Yquem. Tu sais combien ça coûte ? Non, évidemment, tu es trop sotte pour ça. Tu me ramasses tout ça et demain matin, je veux te voir au bureau à 8 heures. »

La jeune fille semble anéantie. Elle se met à genoux pour éponger et rassembler les morceaux de verre brisés.

Le passage dans la cuisine n'est pas près de se libérer, alors il décide de se faufiler côté jardin pour éviter de tomber une nouvelle fois sur un membre de sa famille.

19 h 30. Parvenu devant une grande fenêtre entrouverte, il se fige en identifiant la voix de sa mère. Cela fait tellement longtemps qu'ils n'ont pas été aussi proches que, malgré lui, il se dirige peu à peu vers elle.

Il veut l'apercevoir, rien qu'une seconde. Elle parle à des amis, rit, boit du champagne. Elle semble si heureuse. S'il s'approchait un peu, rien qu'un peu, il lui suffirait de pousser le vantail de gauche. Alors, en se penchant, il pourrait la toucher… Mais, soudain, elle se retourne brutalement dans sa direction. L'a-t-elle senti ? Reconnu ? Non, impossible.

Il se tapit alors dans l'ombre derrière un bosquet, et observe sa mère. Après quelques très longues secondes, elle referme la fenêtre et rejoint ses invités.

Il soupire de soulagement… mais s'il ne fait pas plus attention, sa présence va finir par être démasquée. Il est donc temps d'approcher son frère.

19 h 45. Mathias grimpe les escaliers. Il lui emboîte le pas et se cache dans la pièce voisine. Il pensait le trouver seul au premier étage, mais Aurélie est encore là.

Le couple se dispute. Le ton monte très rapidement. Il colle son oreille contre la porte. Il peut entendre très distinctement toute la conversation et chaque mot prononcé lui procure une joie indicible.

« Mais tu es toujours désolé. Sois un mec au moins une fois dans ta vie. Un vrai mec. Mais non, c'est trop te demander. Tu n'es qu'un minable. Un petit gendarme sans envergure. Sans ambition. »

Augustin est sous le choc. Fasciné, il est le témoin d'un événement qu'il n'aurait jamais osé imaginer, même dans ses rêves les plus fous : son frère, qui frappe sa femme. Tout ceci est trop beau pour être vrai.

Perdu dans ses pensées tortueuses, il heurte et renverse une corbeille à papier.

Il étouffe un juron, il fait un pas en arrière puis s'arrête.

Un silence pesant s'installe. Mathias a sûrement entendu quelque chose.

Il se cache dans un placard, et patiente quelques instants.

Personne. Pas de Mathias.

Il a certainement dû s'enfuir.

Le lâche.

20 h 05. Augustin se décide à pousser la porte du bureau de la femme de son frère, centimètre par centimètre.

Le tableau qu'il a devant lui le sidère. Aurélie est adossée à la commode, immobile. Pâle. Les yeux clos. Un filet de sang, semblant venir de l'arrière de son crâne, lui zèbre la joue et descend le long de son cou pour former une tache pourpre sur le col de son chemisier crème.

Il s'approche doucement, aux aguets. Il ne faudrait pas que quelqu'un le surprenne maintenant. Et surtout pas ici.

Il prend garde à ne rien toucher, mais l'observe, elle. Sa beauté, même mise sur pause par la violence de Mathias, est insolente.

Il repense à la scène dont il a été témoin. Il a suffi de quelques mots pour déclencher la fureur de son frère. Il essaie de s'en souvenir. Cela pourra être utile si les gendarmes l'interrogent. Il ferme les yeux.

*Sois un mec au moins une fois dans ta vie... Mais non, c'est trop te demander. Tu n'es qu'un minable. Un petit gendarme sans envergure...*

Qui pourrait faire preuve de tant de violence pour deux simples phrases dites sous le coup de la colère ou de l'exaspération ? Qui pourrait perdre patience pour quelques mots de trop ? Un homme machiavélique, violent, impitoyable. Un homme qui écraserait tout ce qui le dérange pour ne pas perdre la face. Un Clavery.

La haine qu'il ressent pour son père jaillit dans son esprit et se déverse sur Mathias. Il paiera pour ses actes.

Il paiera pour lui avoir volé sa vie. Pour l'avoir éloigné de leur mère adorée. Pour avoir tué Aurélie…

Augustin sait ce qu'il a à faire. Comme Caïn a tué Abel, il détruira son frère et pourra enfin vivre pleinement.

Il sourit en ouvrant les yeux, avant de se figer : Aurélie, qu'il croyait morte, le fixe. Le regard suppliant. Elle le reconnaît et semble voir en lui quelqu'un susceptible de lui venir en aide. Elle gémit : « Augustin… c'est bien toi ? Aide-moi, s'il te plaît… je suis tombée… »

Parler lui demande un effort surhumain. Augustin est écœuré. *Je suis tombée...* Ces trois mots résonnent dans son esprit. Même après avoir été frappée, elle continue à défendre Mathias. Les apparences, toujours sauver les apparences…

Augustin est écœuré.

Aurélie a toutes les raisons du monde d'en vouloir aux Clavery, pourtant, mais non ! Menacée par le père, frappée par le fils, elle continue à les protéger. Cette garce mérite ce qui lui arrive.

Il s'approche de sa belle-sœur, qui esquisse un léger sourire de gratitude. Il s'agenouille devant elle.

« Dure soirée, n'est-ce pas ?

– Aide-moi à me lever, s'il te plaît. Je dois descendre.

– Tu n'y songes pas ? Pas dans cet état, voyons. Regarde-toi, Tu es tachée de partout. »

Toujours adossée à la commode, Aurélie effleure sa joue et regarde le sang sur ses doigts. Elle semble ne pas comprendre.

« Je suis blessée ?

– Blessée et encore un peu sonnée, à ce que je vois. »

Elle se tait durant quelques secondes, puis fronce les sourcils.

« Tu ne peux pas être là. Tu es en Argentine.

– Tu crois vraiment que j'aurais pu manquer la soirée de l'année ?

– Il faut que je me lève. »

Elle essaie de s'agenouiller. Augustin la repousse doucement. Il lui sourit en entortillant une de ses mèches autour de son index.

Aurélie n'aime pas ce geste, trop intime à son goût. Elle tente de se dégager, mais un mal de tête atroce l'empêche de bouger pour le moment. Elle doit attendre un peu avant de se lever. *Juste un peu…*

Augustin ne la quitte pas des yeux et cela la met mal à l'aise. Il est proche. Trop proche. Il s'en aperçoit et enlève sa main.

« Attends. Avant, tu dois savoir quelque chose… »

Il lui sourit, se penche lentement contre son oreille et chuchote :

« … Tu n'iras nulle part. »

Il plonge ses doigts dans sa chevelure, l'agrippe et lui fracasse le crâne contre le sol. Une fois. Deux fois.

Sa tête oscille dans tous les sens. La troisième fois, il sent le corps de la jeune femme plier sous son poids. Il la laisse alors glisser entre ses doigts tel un pantin désarticulé.

20 h 15. Aurélie a cessé de respirer. Pour de bon. Sa tête baigne désormais dans une flaque de sang.

Après un bref moment de réflexion, Augustin se relève. Il se sent serein. Il sait maintenant que n'importe qui peut commettre un meurtre. C'est juste une question de motivation et de déclencheur.

Il lui faudra être prudent, rusé, organisé, patient, intelligent. Il en est capable.

Son thorax se gonfle d'orgueil, car s'il parvient à ses fins, il retrouvera enfin la place qu'il n'aurait jamais dû se voir confisquer.

Celle du fils aîné, responsable, protecteur, aimé et aimant.

Celle du fils parfait.

Du fils préféré.

**Remerciements des auteurs et plus…**

Ce projet à quatre mains s'est imposé à nous suite à l'écriture de notre nouvelle *Des Cendres en héritage*. Nous étions parvenues à écrire ensemble une trentaine de pages, alors pourquoi pas un roman ? Rassembler dans un même livre nos deux univers, le polar psychologique et le roman noir fut un grand défi que nous espérons avoir réussi.

Nous souhaitons remercier tout d'abord notre éditeur Joël Maïssa pour sa confiance sans limites lorsque nous lui avons présenté notre projet, avec certes un peu d'appréhension.

Nos bêta-lecteurs : Nathalie, François, Nathalie et Olivier pour leurs critiques et leurs regards aiguisés.

Afin de rendre cette histoire encore plus crédible, nous avons eu recours à plusieurs spécialistes : Nicolas Nutten, ami auteur, incollable sur les questions de gendarmerie ; Nelly Topscher, juriste ; Elisabeth Dumont-Le Cornec, spécialiste en art aborigène ; Yann Deschamps, qui a répondu à nos questions sur la culture de la vigne ; Éric Mercier, historien de l'art et auteur de polars ; Franck Bildet et Carole Court pour leurs connaissances sur cette belle ville de Bordeaux.

Un immense merci à tous pour votre disponibilité et vos conseils qui ont permis d'enrichir cette histoire.

Et pour en savoir plus :

Sur l'art aborigène, vous pouvez vous rendre sur le site de Stéphane Jacob, qui est l'un des plus grands spécialistes en France depuis 1996.

https://www.artsdaustralie.com

Si vous souhaitez découvrir quelques exemples de la série *Bush Leaves* d'Abie Loy Kemarre, scannez les QR Codes.

*Earth's Creation* d'Emily Kame Kngwarreye

Emily est née en 1910 en Australie dans la communauté d'Utopia dans les territoires du Nord. Elle a commencé

*Cet ouvrage a été imprimé par*

**Novoprint**

Achevé d'imprimer en avril 2023

**Taurnada Éditions**
38, chemin du Candéou
06530 Peymeinade

www.taurnada.fr

Dépôt légal : mai 2023
ISBN : 978-2-37258-117-2

Imprimé en Espagne

à être connue à l'âge de 80 ans. Elle est l'une des rares peintres aborigènes à intégrer le musée de l'Ermitage à Saint-Pétersbourg avec sa toile *Earth's Creation*. En 2015, *Earth's Creation I* est exposée à la 56e Biennale de Venise. Le tableau avait été acheté huit ans plus tôt par un conservateur pour le prix de 1 056 000 dollars australiens (environ 700 000 euros). L'artiste est décédée en 1996, deux ans après la réalisation de *Earth's Creation* et n'a jamais connu ce succès.

Et enfin deux exemples de *Ghostnet*.

Ces sculptures, représentant des poissons et des mammifères marins, sont élaborées à partir de rebuts de filets de pêche dérivants. Les artistes australiens souhaitent alerter le grand public sur les conséquences de cette pollution, responsable de la mort de milliers de poissons et de la dégradation des fonds marins et des massifs coralliens.